2012년 5월 30일 초판 1쇄

글 김용원
펴낸곳 하다
펴낸이 전미정
디자인 남지현
교정·교열 정윤혜 이동익
마케팅 조동호
출판등록 2011년 5월 17일 제300-2011-91호
주소 서울 중구 필동 1가 39-1 국제빌딩 607호
전화 070-7090-1177
팩스 02-2275-5327
이메일 go5326@naver.com
홈페이지 www.npplus.co.kr
ISBN 978-89-97170-05-0 43810
정가 11,500원

아들아

글 김용원

아들아,

곧 태어날 손자야.

오늘이 있기까지 나를 버티게 해준

이 이야기가 헛되지 않았으면 한다.

나만 기억한 채 관 속으로 가져가기엔

너무 아까운 이야기라서

너희에게 전하는 거란다.

까치나라 대장

우리 집은 '쌍과부집'이라고,
업신여기는 별명까지 달고 하루하루 고달팠다.
참 이상한 세월이었다.

그곳은 통통방앗간집 준식이네 논이었다. 동네 앞 달구지길 옆에 있던 그 논에는 준식이 아버지가 준식이를 위해 해마다 물을 대어 겨울에 얼음을 얼게 했다.

마침내 준식이가 썰매를 세우고 일어나 대여섯 발짝 절뚝이며 걸었다. 오랫동안 쪼그리고 있느라 오금이 저리기도 할 터였다.

"준식아, 한 번만 타볼게."

내가 또 졸랐다.

"싫대두 자꾸 그러네! 너도 아버지한티 맹글어 달라고 혀, 인마."

"아버지?"

나는 선뜻 그 말이 이해되지 않아 얼벙벙했다. 아버지? 아버지하고 썰매하고 무슨 관련이 있나? 만들어 달라고? 아하, 썰매는 아버지가 만들어 주는구나. 그제야 논 귀퉁이에서 재동이 아버지가 재동이에게 썰매 타는 법을 가르쳐 주고, 썰매 위에 녀석이 올라타자 그 애 아버지가 뒤따라가는 모습이 눈에 들어왔다.

"그려 그려. 우리 아들 아주 잘하네. 그렇코롬 꼬챙이로 콱콱 찍으면 꽁짜로 가는겨. 궁둥이도 추썩추썩해야 잘 나가지. 으이구 잘하네 우리 아들!"

하면서 힘에 부친듯하면 등을 밀어주기도 했다.

비로소 나는 아버지는 썰매를 만들어 주는 사람이고, 또 썰매 타는 법을 가르쳐 주기도 하는 거구나. 그러나 나는 아버지가 없으니까 당연히 썰매가 없고, 또 탈 수도 없구나, 라는 것을 깨달았다.

"아참, 넌 아버지가 없지."

준식이는 혼잣말처럼 그 말을 내게 던지고는 엉덩이를 들었다 났다하며 쌩 달아났다.

집에 돌아오면서, 울지 않으려고 애썼지만 자꾸만 눈물 두 줄기가 양볼을 타고 줄줄 흘러내렸다.

엄니는 윗방에서 베를 짜고 있었다.

철거덕 탁 철거덕 탁.

베틀 움직이는 소리에 간간이 엄니의 잔기침 소리가 섞여 들려왔다.

으흠, 으흠.

그 잔기침은 계속되다가 어느 순간 큰기침으로 변했다.

악 카칵 크악 카칵.

그때는 베틀소리가 들리지 않았다. 간혹 들리던 그 베틀소리는 그날따라 나를 짜증스럽게 만들었다. 들어서자마자 나는 큰 소리로 외쳤다.

"엄니!"

엄니는 멈칫 베틀을 멈추고 내 얼굴을 이윽히 바라봤다. 내가 퉁명스럽게 소리를 쳐도 엄니의 얼굴은 늘 기특하고 귀엽고 사랑스럽다는 그런 표정이었다. 하지만 정작 내가 원하고 있었던 것처럼, 나를 와락 안아주거나 하는 일은 한 번도 없었다. 안아줄듯 말듯 망설인다는 것을 눈치는 챘지만 그런 적이 없어 더 이상 바라지 않고 있었다. 그런 엄니의 표정과 행동이 나를 더욱 화나게 했다. 나는 한껏 퉁명스레 물었다.

"엄니, 나는 왜 아버지가 없어?"

평온하던 엄니의 얼굴이 금세 딱딱하게 굳더니 얼굴색까지 하얘졌다. 그리고 엄니는 고개를 숙였다.

툭.

씨날줄 사이에 막 집어넣으려던 실북이 땅바닥에 떨어졌다. 딱딱하게 굳었다가 하얗게 변색되면서 고개를 숙이는 두 표정의 변화가 아주 빨라서 한 동작으로 보였다.

카차카차 치치치.

그때 뒤꼍으로부터 까치 우는 소리가 들려왔다. 순간 다소 곳이 숙였던 엄니의 고개가 바로 섰다. 흰자위와 검은 눈동자가 선명하게 구별되는 눈동자가 하도 커다랗게 보여 얼굴의 반을 차지한 것 같았다. 나를 향한 그 얼굴에 갑자기 탈을 쓴 듯이 환한 미소가 번지면서 얼굴색까지 발그레, 전혀 다른 사람으로 변했다.

"저 까치소리 들리냐?"

엄니는 다정한 목소리로 물었다.

"……?"

"저 까치가 시방 아버지 소식을 전하는겨."

"아버지는 어디 있는디?"

"까치나라……. 아버지는 까치나라 대장이셔."

그 말을 이해하려고 한동안 생각했다.

"정말여요?"

"너한테 말 전하라고 까치를 보내신겨."

엄니의 얼굴이 까치 우짖는 소리가 들려오는 뒤꼍 쪽으로 향했다. 눈이 환해지면서 뒷문의 문살이 또렷하게 구별되었다.

카차카차 치치치치.

그 틈으로 까치 울음소리가 거푸 들려왔다. 나를 자꾸만 불러내고 있었다. '할 말 있으니까 나와 봐, 정말여' 그렇게 불러내고 있었다. 나는 몸을 돌려 밖으로 뛰쳐나갔다. 굴뚝 모퉁이를 돌아 대밭이 있는 뒤꼍으로 갔다. 까치는 대나무밭 가장자리에 있는 닥나무 나뭇가지 위에 앉아 있었다.

"우리 아버지가 뭐라고 하시대? 쓰께또(썰매) 하나 만들어 달라고 말해줄래?"

카차카차 치치치치.

"아버지한테 꼭 말해!"

까치는 대답 없이 푸르륵 날아가 버렸다.

나는 씩씩거리며 방으로 들어왔다.

"뭐라던?"

엄니가 물었다.

"그냥 날아갔어. 나쁜 까치새끼."

"니 말 다 알아듣고 전하러 간 거여."

그날 점심은 시래기죽이었다. 시래기 속에 수제비를 몇 개 넣어 푹 삶은 죽으로, 엄니가 베짜기를 멈추고 만든 음식이었다. 엄니는 개다리동구락상(개다리소반)에 동치미 국물과 김치 한 접시 올려 안방으로 들여왔다.

"잠시만, 이것 좀 치우고 놓자."

할머니는 씨앗이로 목화씨를 뽑다 말고 그것을 한쪽 귀퉁이로 밀쳐놓았다. 그러고는 엄니가 들고 있는 소반을 받으려고 팔을 뻗으며 몸을 일으키셨다.

"그냥 앉아 계세요, 어머님."

"하루 종일 베 짜느라 힘들었을 텐데, 내가 깜박 점심때를 잊었구나."

"어차피 쉬려던 참인걸요."

"몸도 성치 않은디……."

할머니는 안쓰러움을 담은 지긋한 눈빛으로 엄니를 바라보셨다. 나는 그 뒤에 할머니가 할 다음 말을 알고 있었다. 하도 많이 들어서 머릿속에 굳어진 말이었다. 너나 나나 복살머리도 참 없다! 남자 하나는 왜놈이 목숨 빼앗구, 또 하나는 즌쟁이 뺏어가구!

아니나 다를까, 그 말이 나오고 말았다.

"너나 나나 복살머리도 참 없다! 남자 하나는 왜놈이 목숨 뺏어가더니 그 아들은 즌쟁이 뺏어가구!"

그러고는 내가 잘 알고 있는 말을 또 해서 미안하다는 듯 내 눈치를 흘긋 보시고는 그 눈길을 밥그릇으로 향하며 덧붙이셨다.

"어이 더 먹고, 쑤욱 쑥 크거라."

할머니가 대여섯 개쯤 있는 수제비 중 두 개를 수저로 떠서 내 그릇에 덜어주셨다. 할머니가 그렇게 하면 나는 어떻게 해야 하는지를 알고 있었다.

"할머니 잡수세요."

나는 우리 가문의 대들보고 사내대장부이기 때문에 그렇게 말해야 한다는 것을 알고 있었다. 그러면 할머니 입에서 정해진 다음 말이 나오기 마련이었다.

"난 쬐끔만 먹어야 되어. 그래야 죽을 때 상여가 가벼워서 욕 안 먹지."

나는 비록 여섯 살밖에 먹지 않았지만 그 말을 이해하고 있었다. 당연히 할머니는 나보다 일찍 돌아가실 것이고, 상여에 태워질 것이다. 그러면 말씀대로 빼빼 마르셨으니까 상여가 가벼워서 상여꾼들이 아주 좋아할 것이다.

그만큼 이해하려면 무엇보다도 상여에 대해 잘 알고 있어야 했다. 상여는 만사와 앙장을 펄럭이면서 동네를 떠난다. 나는 그 뒤를 힘닿는 데까지 헐떡이며 뒤따라간 적이 한두 번이 아니었다. 상여를 메고 가는 상여꾼들의 표정은 각기 늘 달랐다.

어떤 때는 모두 웃는 낯이었고, 어떤 때는 금방 울 것 같이 일
그러져 있었다. 그 표정을 보면서 나는 할머니의 그 말을 이해
하게 됐다. 웃는 얼굴일 때는 상여에 태워진 송장이 가벼워서
임이 틀림없다. 또 얼굴들이 일그러져 있을 때는 송장이 무거
워서 그런 것이다.

더구나 나는 '영민'하기 때문에 그런 것쯤은 잘 알았다. 내
가 영민하다는 것은 치사하게 내 자랑을 하기 위해 내가 만들
어 낸 말이 아니다. 어른들은 내가 어른들 말을 잘 들어두었다
가 그대로 흉내 내거나 엉뚱한 말을 하면 꼭 이런 말을 덧붙
이곤 했다.

"저 녀석은 제 아비 닮아서 어찌나 영민한지, 어른을 갖고
논다니께."

처음 영민이라는 말을 들었을 때는 무슨 뜻인지 와 닿지 않
아 어리둥절했다. 두 번째 들었을 때는 하도 궁금해 할머니께
여쭤봤다. 할머니의 대답은 간단명료했다.

"이 세상에서 으뜸으로 똑똑하고 머리가 좋다는 말인겨."

물론 죽음에 대해서도 잘 알고 있었다. 할머니가 수차례나
죽음 연습하는 모습을 나에게 보여주셨기 때문에 그것은 익
숙했다. 내가 할머니의 마음을 아프게 건드릴 때면 할머니는
벌렁 뒤로 드러누우며 말씀하셨다.

"이 할미, 당장 죽어버릴겨."

하시고는 손발을 바들바들 떨며 죽는 시늉을 만들어 보이시는 것이다. 그러면 나 또한 짐짓 놀라는 척하며,

"할머니, 잘못했어요. 할머니, 죽지 마세요."

하고는 우는 시늉을 했다. 그럴라치면 할머니는 벌떡 몸을 일으켜 세우며 나를 와락 끌어안고는 말씀하신다.

"으이구 우리 집 대들보님. 우리 이쁜 손자 놔두고 내가 죽긴 왜 죽어."

그러시고는 덧붙이셨다.

"그러니께 우리 손주님은 다시는 그런 짓 하지 말아야지요?"

나 또한 금세 마음이 풀어져 대답했다.

"알었슈 할머니. 잘할게요."

"으이구 우리 대들보님은 싹싹도 하셔."

우리 동네 카수

오오늘도 걷는다마는 정처 없는 이 바알길
지이나오온 자죽마다 눈무울 고였네…….

점심을 먹고 뜰팡에서 마당으로 막 내려서는데 찰칵, 찰칵, 엿장수 가위소리가 들려왔다. 이어 낯익은 엿장수아저씨의 목소리가 뒤따랐다.

"빈병이나 고무신, 구멍 뚫린 양은내앰비."

엿장수 가위소리는 까치 울음소리와 비슷했다. 그 소리가 조금씩 가까이 들려오는 것으로 봐서 엿장수아저씨가 행길 따

17

라 윗뜸에서 아랫뜸으로 내려오는 게 틀림없었다. 지나가기 전에 뭔가를 가져갈 셈을 대고 허리를 구부려 마루 밑을 살폈다. 마땅한 것이 없을 게 뻔한데도 혹시나 하는 마음이었다. 혹시나가 역시나였다.

허리를 펴자 댓돌 위에 놓인 엄니와 할머니의 검정고무신이 눈에 들어왔다. 산 지 얼마 되지 않아 아직은 새것이었다. 내 눈길은 마루 귀퉁이에 가지런히 앉아 있는 흰고무신 두 켤레로 옮겨졌다. 코빼기가 있는 흰고무신은 할머니와 엄니의 외출용 신발이었다. 아껴 신어서 새것과 진배없었다. 검정고무신과 흰고무신을 번갈아 보던 나에게 번개처럼 반짝하고 스치는 생각이 있었다. 나는 기꺼이 엄니의 흰고무신을 선택했다. 작년에 있었던 일의 재탕인 셈이었다.

마당을 나오던 나는 움찔했다. 꼬오 꼬고곡, 하는 소리가 들려왔는데, 할머니가 신발을 끌고 뒤쫓아오는 소리로 들렸다. '능구렁이'였다. 그것이 두엄자리로 다가가더니 다리로 헤집으며 먹을 것을 찾고 있었다. 할머니는 암탉 한 마리한테 '능구렁이'라고 이름을 붙여주었다. 다른 닭들은 사람이 가까이 오면 도망치기 바쁜데 능구렁이는 사람이 있든 없든 상관 않고 제 할 일만 했다. 혹시라도 사람이 지나갈라치면 엉덩이만 옆으로 비켜줄 뿐 결코 도망치지 않았다. 그걸 보고 할머니는 느릿느릿 기어가는 능구렁이를 별명으로 따다 붙이셨다.

"너 할머니한테 일르면 죽어!"

능구렁이를 향해 주먹질을 해봐도 녀석은 고개를 들고 나를 비웃듯 바라보았다. 그러고는 다시 다리로 두엄 헤집기를 계속했다.

손수레에 실린 엿판 주위에는 아직 아무도 와 있지 않았다. 나는 재빨리 들고 온 베수건을 펼쳤다. 엄니의 흰고무신이 빛을 냈다. 엿장수아저씨는 고무신을 들었다 도로 놓으며 말했다.

"작년에도 너 이랬지?"

나는 대꾸하지 않았다.

"내가 이거 안 가져갈 거 알면서 똑같은 수작을 한 거지?"

나는 즉시 대꾸하지 않고 있다가 불쑥 물었다.

"아저씨, 작년에 했던 노래 생각나요?"

"뭐였지?"

"이 강산 낙화유수."

"아참, 그 노래 네가 불렀었지. 그 노래 다 할 수 있어?"

나는 그 말이 나오길 기다리고 있었다.

이 강산 낙화유수 흐르는 물에
새애파아란 자안디 위에 지는 맹서냐
……

19

"됐다, 됐다. 어이 이거나 먹어라."

일단 주는 엿을 받아 입안에 넣었다. 속으로는 쾌재를 불렀다. 우리 동네에 오는 엿장수는 두 사람이었는데, 한 어른은 그냥 가위소리만 내며 "엿 사세요, 엿" 그러고만 외쳤다. 그러나 오늘 온 엿장수는 눈 밑에 내 엄지손가락만한 점이 있는 아저씨인데 엿가위로 찻차라 찻차 차차차, 하고 박자를 맞춰 소리를 냈다. 때로는 손수레 쇠손잡이를 엿가위로 치며 노래를 곁들이기도 했다. 그때마다 나는 별러 왔는데, 오늘 마침내 그 일을 해냈다.

나머지, 아직 입속에서 덜 녹은 엿을 닭이 물을 넘기듯 목을 쭉 빼며 꿀떡 삼켰다. 엿을 사러 온 사람은 아직 없었다.

"아저씨, 내가 노래하까?"

아저씨는 찻차라 찻차 엿가위 장단질을 하다가 말고 나를 이윽히 내려다봤다.

"노래, 해요?"

"오케이. 한곡 뽑아봐."

아저씨가 유식하게 영어를 써먹었다.

땃따라 땃따.

아저씨가 쇠손잡이를 두드려 박자를 주었다.

나는 목을 가다듬고 노래를 시작했다.

오오늘도 걷는다마는 정처 없는 이 바알길
지이나오온 자죽마다 눈무울 고였네……

　내가 두 소절째 부를 즈음에는 엿판에서 엿가락 도막까지
촐싹촐싹 신바람나게 춤을 추었다. 끝부분에서 내가 가사를
잊어버려 더듬거리자 대신 노래를 했다.

내 님이 그리워도
나아그네 걷는 길은 한이이 없어어라.

　동네 사람들이 대여섯 모여들었다.
　"우리 동네 카수가 나오셨구먼."
　"마이크가 없어서 어쩐디야."
　나는 이미 동네에서 가수로 인정을 받고 있는 터여서 굳이
별날 것도 없었다. 우리 동네에서 내가 노래하는 걸 싫어하는
분은 우리 할머니가 유일할 것이다. 할머니는 내가 노래하는 것
을 적극적으로 말리지는 않았다. 하지만 이따금 방앗간 마당에
서 동네 어른들이 과자 따위를 사주며 노래를 시키면 즉시 과
자값만큼 노래를 했다. 그때마다 박수를 받곤 했지만, 그런 나
를 두고 할머니는 얼굴을 딱딱하게 굳히며 말씀하시곤 했다.
　"이건 풍각쟁이나 하는 짓인겨. 우리 광산김씨 가문에서는

21

함부로 길거리서 노래를 부르고 과자를 얻어먹는 거 아닌겨."

　그러나 나는 할머니의 말씀을 별로 깊숙이 받아들이지 않았다. 가문의 대들보며 대장부 사내, 양반가문보다 우선은 박수를 받고 비과나 유과, 캐러멜 같은 것을 얻어먹는 게 훨씬 실속이 있었다.

　특별히 노래를 따로 배운 적은 없었다. 그런데 나는 노래를 잘했다. 그것도 어른들의 노래를 잘 따라했다. 남의 흉내 내는 데 특별한 재주가 있었던 듯싶다.

　아마도 엄니의 영향을 받은 바가 컸을 것이다. 엄니는 기침할 때를 빼고는 나직하게 콧노래를 부르곤 했다. 그 음조들이 내 넋에 날아와 흠뻑 배어 음악밭의 거름이 되지 않았나 싶다. 그 음악밭에 동네 형들이나 아저씨가 낮에 일할 때, 또는 술을 마시고 놀 때, 밤에 동네 앞 신작로를 지나갈 때 유행가를 부르곤 했는데, 그때 들은 가사와 음조가 엄니로 하여금 기름 져진 내 영혼 속의 음악밭에 씨알로 떨어져 싹을 틔우고 자라나 한 곡, 한 곡의 꽃을 피워냈을 것이다.

　어느새 봉아형과 춘재, 정읍댁도 엿판 주위에 와 있었다. 나와 동갑인 춘재는 대포 탄피를 잘라 만든 재떨이를 가지고 나왔고, 봉아형은 엠완(M-1) 소총 탄피를 주머니에서 꺼내고 있었다.

"아직도 너네 집에 탄환깍지 많냐?"

정읍댁이 묻자 봉아형은 자랑스럽다는 듯이 헤벌쭉 웃으며 대꾸했다.

"아직도 많쥬. 한 가마니는 될 걸요."

"한 가마니? 에이, 설마!"

"진짜라니깐요."

나는 엿장수아저씨의 표정을 살폈다. 탄피가 한 가마니 있다고 한다면 분명 귀가 번쩍 열릴 텐데, 그냥 시무룩하게 봉아형이 꺼내놓은 탄피 개수만 세고 있었다. 이윽고 다 세고 나서 "죄다 열다섯 개다"하고 혼잣말로 중얼대고는 덧붙였다.

"이 중 한두 개는 틀림없이 사람 목숨을 끊었을 기다."

나는 '사람의 목숨을 끊었다'라는 말을 이해할 수 있었다. 이미 할머니로부터 목숨을 끊는 게 무엇인지 들은 바가 있었다. 사람이 쥐하고 같이 사는 것은 당연했다. 쥐들은 굴뚝 모룽이에 있는 구멍에서도 살았고, 방 천장 반자 위에서도 살았다. 그리고 자다 깨보면 내가 자는 모습을 옆에서 지켜보다가 후닥닥 도망가기도 했다.

며칠 전 새끼쥐 한 마리가 마당 귀퉁이에서 버르적거리고 있는 걸 보았다. 새끼쥐를 내려다보고 있는데 내 안에 있던 악마가 기어나와 심술을 부렸다. 처음에 나는 그 새끼쥐를 향해 오줌을 누었다. 새끼쥐는 뜨거운 오줌벼락을 맞으며 네 다리를 허공에 대고 버르적버르적 긁어댔다. 오줌을 다 누었는데도 새끼쥐는 죽지 않았다. 그래서 이번에는 돌멩이를 가져와 새끼쥐를 향해 내리치려고 하는데, 쳐들려진 손이 허공에서 꼼짝 못하도록 묶였다. 돌아보니 할머니셨다.

"아서. 살아있는 목숨을 함부로 하면 죄 받는 거여."

"쥐새낀데 뭘요?"

"아무리 쥐새끼라도 목숨 함부로 끊는 건 나중에 지옥 가는 짓인겨."

그때 나는 사람이 새끼쥐 같은 짐승의 목숨을 끊을 수 있을지언정 함부로 끊어서는 안 된다는 것을 알았다. 하지만 사람이 사람의 목숨을 끊을 수도 있으며, 그것이 엿을 바꿔먹는 실탄깍지로 그렇게 된다는 말은 선뜻 이해되지 않았다. 새끼쥐도 함부로 죽이지 않는 것인데, 사람이 사람을 죽여? 왜? 이 조그만 탄환이 어떻게 저리 큰 사람을 죽일 수 있을까? 그날 저녁 할머니께 여쭤보고 나서야 그 말을 이해했다. 내 물음에 할머니의 대답은 아주 간단했다.

"그러니께 사람 못된 것은 짐승만도 못한 거지."

짐승만도 못하다, 짐승만도 못하다……. 그 말이 그날 밤 내내 머릿속에서 맴돌았다. 그러나 의문이 풀리지 않았다. 그래서 할 수 없이 막 잠이 들어 코를 고는 할머니를 흔들어 깨우고 여쭈었다.

"할머니, 사람이 짐승만도 못하다는 건 무슨 말유?"

할머니는 웬 뜬금없는 말인가 싶은지 한동안 나를 이윽히 바라보고는 대답을 주셨다.

"짐승은 말도 못하고 먹는 것도 그냥 땅바닥에서 입으로 먹고, 아무 데나 똥오줌 누고, 그러잖냐?"

나는 고개를 끄덕여 보였다. 밤이지만 문으로 달빛이 은은히 비추니, 할머니는 분명 내 고갯짓을 보고 계실 거였다.

"그런데 사람은 안 그렇지?"

"예. 숟갈로 밥 먹고 똥도 똥수간에서 싸고."

"짐승은 그렇게 아무 데나 똥 싸고 입으로 주워 먹어도 제들끼리 죽이지는 않는겨."

"그런데요?"

"그런데, 사람은 사람끼리 죽이고 살리고 하는데, 짐승보다 나은 게 뭐가 있냐?"

나는 헷갈렸다. 할머니는 내 속마음을 알고 도로 물으셨다.

"짐승은 제들끼리 안 죽이는데 사람은 제들끼리 찌르고 베어 죽이고 쏴 죽이곤 했는디, 그럼 사람이 짐승보다 더 나은 게 뭐가 있냐 이 말여."

"글쎄요."

"짐승끼리 싸우는 거 봤어?"

나는 좀 생각했다. 그리고 대꾸했다.

"닭들끼리 싸우는 거 봤어요. 개들끼리도요."

"그럼 짐승끼리 싸우면서 서로 죽이는 거 봤어?"

"아니요. 제들끼리 죽이는 건 못 봤어요."

"그렇지? 그런데 사람은 사람끼리 서로 죽인단다."

"뭘로요?"

"칼하고 총으로."

"아, 그렇구나! 그럼 아버지도……."

나는 잘못하여 엄니와 한 약속을 어기고 말았다. 할머니 앞에서는 절대로 아버지의 말을 꺼내지 않겠다고 엄니하고 약속했었다. 그랬는데, 아버지 말을 꺼내고 말았다.

할머니는 윗몸을 일으키셨다. 할머니의 손이 눈께로 잠깐 올라갔다 내려졌다. 울고 계실 거다. 아니, 분명히 우셨다. 할머니의 눈께에서 물기가 반짝이는 것을 얼핏 보았다. 나도 윗몸을 일으켰다. 할머니의 손을 잡았다. 빼빼 마르고, 거칠고, 차가웠다.

"할머니, 잘못했어요."

할머니는 아무 말씀이 없으셨다. 한참을 계시더니 내 손을 뿌리치듯 놓고는 몸을 뉘이며 말씀하셨다.

"자자."

아버지

아버지는 지금 까치나라 대장으로 계셔요.

"어디 갔다 오냐?"

눈을 들어보니 길만이었다. 길만이는 열 살인데, 아직 학교에 가지 않고 방앗간집 윤주사네 심부름을 하면서 주정뱅이 아버지에게 맞아 팔 한짝을 못 쓰는 엄니를 도왔다.

나는 입을 꾹 다물고 길만이를 쳐다보기만 했다.

"애들이 또 널 가지고 장난쳤어?"

나는 고개만 끄덕였다. 길만이는 빙긋이 웃고는 말했다.

"참어."

"죽여버릴 거여!"

"하루 '참을 인'자 세 번이면 살인도 면한디야."

참는다는 것과 하루 세 번 참으면 좋다는 것까지는 어른들 입에서 몇 번 들어 알고는 있었다. 살인이라는 단어를 확실하게 알 수 없어 이해가 잘 되지 않았다.

"살인이 뭐여?"

"사람 죽이는 거."

"아하!"

나는 그동안 궁금했던 것이 풀어져 감탄했다. '참을 인'자에서 '참을'은 참는다라는 것이라고 알 수 있지만 뒤에 따라붙는 '인'은 무슨 뜻인가 확실하게 와 닿지를 않았다. 그래서 물었다.

"참을 인은 뭔 말인겨?"

길만이는 당황하는 기색을 띠던 끝에 말했다.

"우리 영감탱이 윤주사가 나 보고 밥이나 축내는 버러지 같은 놈이라고 했을 때 그냥 못 들은 척하고 있는 거, 그런 걸 말하는 거여."

"아, 그냥 입 다물고 있는 거?"

"그런 거."

길만이는 금세 알아듣는 게 기특하다는 듯 씩 웃었다. 나는 그 말에서 뭔가를 알아챘다.

"그러니까 사람들이 엉아 보고 바보라고 하지."

나는 말하고 나서 길만이형이 화를 내며 나를 때리면 어쩌나 두려워 한 걸음 뒤로 물러섰다. 길만이형은 내 우려와는 달리 오히려 그렇게 말하는 내가 귀엽다는 듯이 내 얼굴을 한참 들여다보고는 말했다.

"난 바보라야 돈을 받는단 말여. 하지만 속으로는 내가 바보라고 생각하지 않아."

"그래도 사람들은 엉아를 보고 바보라고 자꾸 하는데두?"

"나중에 내가 바보가 아니라는 걸 보여줄 거여."

"언제?"

길만이형은 잠시 생각하는 눈치더니 대답을 주었다.

"우리 아버지 죽었을 때."

"엉아 아버지가 죽었을 때, 어떻게?"

내 머리를 한 번 쓰다듬고는, 다시 머리칼을 헝클어뜨리며 말했다.

"나, 심부름 가는데 같이 갈래?"

"엉아 아버지 죽었을 때 어떻게?"

"바보라고 하는 놈 죄다 죽여버릴껴."

"죽여?"

"더 묻지 마. 알았어?"

길만이형은 눈을 똑바로 부라리고는 금세 거짓말처럼 웃는 얼굴로 바꾸며 덧붙였다.

"너 나랑 같이 갈래, 안 갈래?"

"어디?"

"쩌어기, 왕밭뜸."

길만이가 가리키는 곳으로 눈길을 돌렸다. 그곳은 논길 가운데로 뱀처럼 꾸불꾸불 저 멀리까지 이어진 끄트머리에 언덕이 나타나고, 그 너머에 있는 동네였다. 그 동네에 몇 번 가본 적이 있는데, 가장 기억에 남는 것은 그곳에 엄청 높은 건물이 있고, 끝에 십자가가 달려 있는 모양이었다. 사람들은 예배당이라고 했다. 그처럼 높고 큰 건물은 읍내에 나갈 때나 볼 수 있었다. 기와집 한 채 없는 동네에 어떻게 그런 큰 건물이 있는지, 기와집이 세 채나 있는 우리 동네에는 왜 그런 건물이 없는지 참 이상했다.

나는 길만이형과 나란히 걸었다. 형은 연신 내 머리를 쓰다듬기도 하고 제 호주머니에서 신문지 쪼가리를 꺼내 코를 닦아주기도 하면서 건들거렸다. 평소와 다른 길만이형의 행동 때문인지 나도 모르게 경계심을 품었다.

그러면서 한 가지 의문이 나를 사로잡고 놓아주지 않았다.

"길만아, 말 태워줘"

아이들이 말하면 길만이형은 헤벌쭉 웃으며 그 애 앞에 엎드렸다. 아이는 훌쩍 형 등에 올라타고는 형의 엉덩이를 철썩 때리며 말했다.

"이랴, 낄낄."

그러면 형은 엉금엉금 기었다.

"울어!"

말 탄 애가 소리치며 엉덩이를 또 철썩 갈기면

"이히히힝."

형은 말 울음소리를 흉내 내며 기었다.

그뿐만 아니었다. 어떤 때는 아이들이 막대기를 들고

"도둑놈이다!"

"도둑놈 잡아라!"

소리치며 형을 뒤쫓으면 형은 진짜 도둑놈처럼 겁먹은 표정으로 뒤뚱뒤뚱 도망쳤다. 그 속도가 느려 마침내 아이들이 막대기로 형의 허리며 엉덩이를 두들겨 패면,

"아이구, 나 죽어!"

외치면서 형은 땅바닥에 떽떼굴 나뒹굴었다. 때로는 두 다리를 쭉 뻗으며 눈을 흡떠 죽는 시늉도 했다. 그러면 아이들은 형의 손을 뒤로하여 끈으로 묶고는,

"도둑놈 잡았다!"

"사형시키자!"

소리치면서 끌고 다녔다.

그것만 봐도 길만이형은 바보임이 틀림없었다. 바보가 아니라면 주먹으로 한 대만 때려도 아이들은 울면서 달아날 텐데 말이다.

끝내 참지 못하고 형의 눈치를 보면서 물었다.

"형, 형은 왜 날마다 애들 말 태워주고 싸우다가 자빠지고, 죽기도 하고 그려?"

"뭔 말여?"

나는 똑같은 말을 되풀이하고 나서 이렇게 덧붙였다.

"형이 진짜 바보라 그런 거 아녀?"

형의 얼굴이 일그러졌다. 눈이 커지면서 흰자위가 반을 덮었다.

"얀마, 내가 동네 애들한테 다 그러대?"

그 말을 듣고는 머릿속에 걸리는 게 있어 잠깐 생각했다. 형은 나한테는 그런 적이 한 번도 없었다. 내가 해달라고 한 적도 없었지만 말이다. 그렇다면 다른 애들은? 윗뜸 똑닥집 기선이도 그렇고 외딴집 병수도 그랬고 뗏집 정걸이한테도 그런 적이 한 번도 없었다. 형이 바보짓을 해주는 애 중 방앗간집 준식이는 맡아놓고 그러하고, 성철이도, 용만이도 그렇게 해달라는 대로 해주었다.

"아니, 준식이하고 성철이, 용만이, 윤성이, 그 애들한테만 그렇게 해주는 거 같았어."

"그래. 그러면 왜 그 애들한테만 그러는지 생각해 봤어?"

나는 문득 떠오르는 게 있었다.

"기와집?"

"기와집은 가난한겨?"

"아니, 부자."

"그려, 바로 그거여 인마."

나는 그 말을 인정했다. 형의 얼굴을 바라보며 다음 말을 기다렸다. 길만이형이 말을 이었다.

"나는 꽁짜는 안 하거든."

"그럼, 돈 받고 하는겨?"

"짜아식, 그것도 몰라? 당연히 뭘 받고 해주지, 임마."

"형이 받아?"

"아니, 우리 집 아부지가."

나는 그 말을 이해할 수 없었다. 바보짓을 해서 돈을 벌고, 그것을 아버지가 챙긴다는 게 이해할 수 없었다. 내가 생각하는 아버지는 아침이면 쟁기를 지고 소를 앞세우고 나갔다가 저녁때가 되면 들어와야 했다. 아버지는 아들이나 딸이 다른 애들한테 맞으면 후닥닥 달려가 때린 애를 혼구멍내줘야 했다. 아버지는 썰매를 만들어 줘야 하고 팽이를 깎아줘야 했다. 또 여름에는 둠벙에서 같이 멱을 감고 등을 닦아주어야 했다.

그런데 길만이형 아버지는 길만이를 동네 아이들 말 노릇을 하게 만들고 돈을 받아 챙겼다. 그런 아버지가 있다는 게 신기했다.

하긴 길만이형의 아버지는 다른 아버지와 달랐다. 길만이형의 아버지는 매일 술에 취해 고래고래 소리 지르거나 형의 엄니와 싸우곤 했다. 또 일도 하지 않으면서 여기저기 술을 얻어먹고는 소리를 지르고 돌아다니다가 동네 가운데에 있는 형식이네 바깥변소 옆에서 자기 일쑤였다. 그런 아버지니까 형이 바보짓을 해서 돈을 벌면 그것을 받아서 술을 사먹을 수 있을 거라는 생각까지 할 수 있었다. 그럼 우리 아버지는? 우리 아버지는 까치나라 대장이신데?

"우리 아부지 그지 같지?"

나는 고개를 끄덕여 동의했다.

"죽었으면 좋겠지?"

형의 말에 움찔하며 좀 전 생각했던 우리 아버지를 다시 떠올렸다. 우리 아버지가 만약 집에 있다면? 틀림없이 썰매를 만들어 주고 팽이도 만들어 주고, 여름이면 둠벙에 가서 같이 목욕도 할 것이었다. 또 내가 얼기미를 대고 있으면 아버지는 우눌눌눌, 용만이 아버지처럼 소리내며 또랑물을 발로 마구 휘저어 고기를 몰아줄 것이다. 마침내 아버지가 얼기미까지 다가와서 "들어!" 소리치면 내가 얼기미를 재빨리 들어올릴 테고,

그러면 은빛으로 반짝이는 붕어가 팔딱팔딱 뛸 것이고, 미꾸라지가 마구 꿈틀대며 도망가려 할 것이다. 아버지와 나는 고기들을 잡아 세숫대야에 넣어 들고 집으로 올 것이고, 할머니가 맛있게 매운탕을 끓여줄 것이다.

길만이형이 내 등을 툭 치며 물었다.

"너 시방 뭘 생각하고 있냐?"

"응? 으응."

"내 말 안 듣고 뭔 생각하냐고 묻잖아!"

형이 버럭 화를 냈다.

"아버지."

"아버지? 우리 아버지?"

"아니, 우리 아버지."

형은 고개를 갸웃하고는 물었다.

"느이 아버지가 어딨어? 육이오 난리 때 죽었다던데?"

"아니야. 우리 아버지 살아계셔."

"어디에?"

"까치나라에."

"까치나라? 그런 나라가 어딨어?"

"있어."

"가봤어?"

"응"하고 나는 자신 있게 대꾸했다. 난 보았지 않은가. 까치는 분명히 아버지가 가보라고 해서 왔다고 했다. 한참 생각에 잠겨 있던 길만이형이 빙긋 웃었다.

"너 꿈 꿨냐?"

"진짜라니까!"

내가 냅다 소리쳤다.

내 큰소리에 길만이형은 어리둥절해 했다. 나는 효과를 더하기 위해 징징 우는 흉내를 냈다.

"나 안 가, 집에 갈 거여!"

몸을 홱 돌렸다. 길만이형이 내 손을 잡고 돌려세우며 얼렀다.

"알었어. 알았다니께. 까치나라, 나도 알고 있어. 장난으로 해 본 소리여."

가다 말고 형은 갑자기 발걸음을 세우더니 길가에 흘린 나뭇가지를 들어 '가'자를 써 보였다. 그러고는 자랑스럽다는 듯 가슴을 쭉 펴며 물었다.

"너 이게 무슨 잔지 알아?"

어느 날 밤 할머니가 물그릇을 들고 가다 잠든 내 얼굴에 물사발을 쏟아 화들짝 놀라며 벌떡 일어났던 때와 같은 마음이었다. 바보가 내가 모르는 글자를 알다니! '영민한' 내가, 바보가 그린 글자를 모르다니! 그런데다 나는 우리 집 대들보에 사내대장부가 아닌가! 나는 할 말을 잃고 있었다.

"알어 몰라?"

"응, 거시기……."

"'가' 자여 인마. 그것도 몰라? 바보같이!"

나는 자존심이 상했다. 동네에서 모르는 노래가 없기로 소문난 내가, 바보 소리를 들으며 무시당하기는 생전 처음이었다.

"글 모르면 바본겨?"

"그럼 바보지 인마. 나는 내 이름도 쓸 수 있어. 봐봐."

그러고는 정말 글자를 써 보였다. 세 글자니까 '천길만', 맞을 것이었다. 나는 받아들이고 싶지 않았다. 그러기에는 내 자존심이 허락하지 않았다. 나는 대들었다.

"그럼, 글 읽고 쓸 줄 모르는 어른들도 다 바보여?"

"그럼 바보지 인마."

나는 글 읽고 쓸 줄 모르는 어른들을 많이 알고 있었다. 정읍댁도 그랬고 옥천댁도 그랬고, 많았다. 그래서 서울 아들에게서 편지라도 올라치면 그 아주머니들은 그 편지를 가지고 우리 집에 와 할머니에게 읽어 달라고 했다.

"눈 뜬 장님이 따로 없당게. 까만 건 글씨고 하얀 건 종이고, 그것밖에 모르는 우리는 눈 뜬 봉사여 봉사."

글을 못 읽는 자신에 대해 푸념을 늘어놓아 미안함을 비기고는 편지를 읽어 달라 내밀었다. 할머니가 안 계시면 엄마가 읽어주기도 했다. 정읍댁은 할머니 안 계시면 그냥 가지고 갔다. 내내 숨을 참고 대문 밖으로 나가서는 후유, 숨을 토해내곤 했는데, 그 이유를 한참 나중에서야 알았다. 엄니와 가까이 있으면 엄니의 폐병 벌레가 날아와 정읍댁의 목구멍 너머로 들어간다고 했다. 그래서 엄니 앞에서는 숨을 안 쉬고 참는다고 했다.

마침내 왕밭뜸 동네에 들어섰다. 내가 늘 관심 있게 보던 예배당 첨탑과 십자가가 내게 확 달려왔다. 우리 동네는 신작로를 따라 동네가 뱀처럼 길게 늘어져 있었다. 그러나 왕밭뜸은 산기슭에 개미떼처럼 옹기종기 몰려 있어 골목이 많았다. 길만이형은 요리조리 구불구불 골목을 잘도 찾아 들어갔다. 마침내 다른 초가보다 좀 더 큰 초가 앞에 섰다. 그 집은 다른 집의 사립문과 달리 대문채로 되어 있었다.

"아저씨 계세유!"

길만이형이 한쪽 문이 열려 있는 곳을 향해 소리쳤다.

잠시 후 구레나룻이 시커멓게 난 어른이 나왔다.

"산적어르신, 안녕하세유."

길만이형이 웃는 목소리로 굽신하며 말했다.

"이놈의 자식!"

"헤헤, 미안하구만유."

"그래, 무슨 일로 왔냐?"

"윤주사님이 그믐날 아침 일찍 방앗거리 가져오시래요. 곗날이 그날이래요."

"알았다"하면서 산적아저씨는 나를 이윽히 쳐다봤다. 그러고는 나를 가리키며 물었다.

"이 애는 누구냐?"

"귀동이라고, 소라실댁 손자구먼유."

"아!"

웃음기 감돌던 산적아저씨의 얼굴이 갑자기 굳어졌다. 이어 고개를 도리도리했다. 그러고는 혼잣말처럼 덧붙였다.

"닮았구먼. 아버지를 쏘옥 빼다 박었어."

그동안 아버지를 닮았다는 말을 많이 들어왔지만, 그러는 어른들은 대개 동네 사람이었다. 그러나 지금 그런 말을 하고 있는 사람은 이웃 동네, 얼굴이 털로 뒤덮인 이상한 어른이었다. 나는 잠자코 산적아저씨를 바라보고만 있었다. 산적아저씨는 내 마음을 읽은 듯 덧붙여 말했다.

"느이 아버지하고 나하고는 왜정 때 보통학교를 같이 다녔 단다. 느이 아버지는 항상 공부 일등이었지. 그 뒤 느이 아버지 는 읍내 중학교에 다녔고. 잘난 녀석이었는디……"

산적아저씨는 더 이상 말을 잇지 않았다.

"가자."

길만이형이 나를 돌려세웠다.

"잘 가거라."

산적아저씨가 내 뒤통수에 대고 말했다.

나는 길만이형에 이끌려 인사도 제대로 하지 못하고 대문을 나왔다. 고샅을 걸어 나오던 나는 문득 걸음을 세웠다.

"형, 쬐끔만."

"왜?"

나는 묻는 말에 대꾸 없이 산적아저씨댁을 향해 몸을 돌렸다.

"얀마, 어디 가는 거여!"

길만이형이 소리쳤지만 난 대꾸도 않고 오던 길을 향해 걸었다.

마당에서 빨래가 널린 바지랑대를 바로 세우고 있던 아저씨는 대문채를 들어서는 나를 보자 고개를 갸웃했다.

"아저씨, 아버지는 키가 컸슈?"

산적아저씨는 처음엔 어리둥절한 얼굴이더니, 눈을 지그시 감으며 머리를 끄덕이고 나서 손을 펴 머리 위에 높이 올리고는 말했다.

"나보다 한 뼘은 더 컸지. 이렇게."

"싸움도 잘했슈?"

아저씨는 피식 웃었다.

"글쎄다. 싸움은, 그저 그랬어. 나한테 졌지."

"알었슈"하고 나는 몸을 돌리며 좀 전에 하지 못했던 말을 덧붙였다.

"안녕히 계셔유."

"오냐, 잘 가거라. 근강하고 착하게…… 알었지?"

"예."

밖으로 나와 달렸다. 길만이형이 나 있는 쪽으로 걸어오다 마주쳤다.

"뭔 얘기 했냐?"

"아버지 키."

"키?"하며 길만이형이 제 머리 위에 손바닥을 세워 보였다.

"응."

"짜아식, 바뻐 죽겠구먼."

왕밭뜸을 나와 산모롱이를 돌던 나는 도로 몸을 돌렸다.

"쬐끔만 더."

"왜?"

"할 말 잊어버렸어."

잰걸음을 놓는 내 등 뒤에 대고 길만이형이 말했다.

"나 먼저 간다. 너 혼자 와, 인마."

"알었어."

막상 돌아서서 왕밭뜸 동네에 이르자 두려움이 앞섰다. 골목골목 돌아돌아 산적아저씨 집까지 갈 자신이 없었다. 그러나 아버지에 대한 궁금증만으로 그런 두려움쯤은 충분히 이기고도 남았다.

아니나 다를까, 한 골목을 지나자 그제부터 헷갈리기 시작했다. 그 골목이 그 골목인 것 같고, 갔던 곳도 같고, 가지 않아 새롭게 보이는 것도 같고, 헷갈렸다. 머리가 쭈뼛 서며 두려웠다. 그날따라 동네 사람 누구도 만날 수 없었다. 닭 우는 소리와 돼지 꿀꿀대는 소리, 소가 움메 우는 소리, 이따금 지붕 위에 얹혔던 음달의 얼음이 철썩이며 떨어지는 소리가 들려올 뿐, 무섭도록 한적했다. 이제는 두 가지 길 중 하나를 선택해야 했다. 어디에서나 볼 수 있는 예배당 첨탑까지 가는 게 하나였다. 가다가 사립문이 열린 집으로 들어가 묻는 게 둘이었다.

그러나 그럴 필요가 없어졌다. 골목 저 안쪽에서 산적아저씨가 걸어오고 있었다.

"아저씨!"

"너 도로 올 줄 알았다. 어이 우리 집으로 들어가자."

"어떻게 아셨슈?"

"느이 아버지에 대해 궁금한 점이 많을 거 뻔하잖냐? 그리고 느이 아버지 닮았다면 너는 틀림없이 뭔가 물으러 올 것으로 짐작했지."

아저씨네는 우리 집과 달리 너저분하기는 하지만 따스한 온기를 느낄 수 있었다. 내 또래의 아이와 나보다 훨씬 큰 사내

아이도 있고, 나보다 어린 계집아이도 있었다.

산적아저씨는 아이들을 모두 내보내고 화롯불을 중심으로 마주 앉았다.

산적아저씨의 부인이 홍시와 찐고구마를 가져왔다. 찐고구마는 동치미 국물과 먹었다. 그리고 홍시를 맛나게 먹었다. 그러는 중에 귀로는 아버지에 대한 이야기를 들었다. 좀체 할머니가 해주지 않은 말들이었다.

아버지는 매우 똑똑했으며 노래를 아주 잘했다고 했다. 읍내 중학교를 졸업하고 나서 면사무소에서 일했는데, 마침 육이오 전쟁이 일어나자 아버지는 자원하여 사관학교에 갔고, 소위가 되어 참전한 뒤로 소식이 없다고 했다. 나는 거기까지만 듣고 싶었다. 그래서 아저씨 말이 끝나기도 전에 내 마음 속에서 꿈틀대고 있는 말을 뱉어냈다.

"아버지는 지금 까치나라 대장으로 계셔요."

나는 그 말을 세 번인가 네 번 반복했다. 그때마다 아저씨는 말을 멈추고 북쪽으로 난 창문 쪽에 눈길을 주곤 하셨다.

내가 귀 기울여 듣고 있지 않다는 것을 뒤늦게 깨달은 듯 아저씨는 잠깐 말을 멈추고 내 얼굴을 깊숙이 살펴보았다. 그러고는 물었다.

"너 커서 어떤 사람이 될래?"

나는 서슴없이 대꾸했다.

43

"우리 집 대들보요."

아저씨는 고개를 끄덕였다.

집에 돌아온 나는 왕밭뜸 산적아저씨에 대해서는 한마디도 안 했다. 다만 그제껏 내내 가지고 있던 궁금증만 할머니한테 털어놨다.

"할머니, 길만이형 아버지도 아버지여요?"

"뭔 말여?"

할머니는 무슨 뜬금없는 소리냐는 듯 나를 빤히 바라보셨다.

"아버지는 밖에 나가서 일하고 아들 스께또 만들어 주고, 이뻐하고, 그러는 게 아버지 아녀유?"

"암만, 그렇고 말구. 근디 왜?"

"길만이형 아버지는 일도 않고 날마다 술만 마시고 동네 사람들과 싸우고, 집에 와서 소리지르고 길만이형하고 아줌니하고 마구 때리고, 그러잖아요?"

할머니는 눈길을 문 쪽으로 돌리며 대꾸하지 않으셨다. 나는 덧붙였다.

"그런 사람은 아버지 아니잖아요?"

할머니는 평소에 자주 쓰는 말, '그렇지, 암만'이라는, 당연히 나올 말을 내놓지 않고 잠시 머뭇거렸다. 갑갑했다.

"안 그려요 할머니?"

마침내 할머니는 대답을 주셨다.

"길만이 아버지가 길만이를 팽이다리 밑에서 주워 왔다더니, 아마 그 말이 맞는갑다."

나는 그제야 안심했다. 길만이형 아버지는 형의 진짜 아버지가 아니었다. 그러고 보니 닮은 구석도 없었다. 길만이형 아버지는 얼굴이 시커멓고 수염도 텁수룩하고 눈도 항상 빨갰다. 그런데다 볼에는 살이 없고 목이 쭈글쭈글했다. 하지만 길만이형은 얼굴이 너부데데했고 잘 웃었으며, 피부도 다른 애들보다 하얀 편이었다. 나는 안심했다. 아버지들 중에는 절대 그런 사람이 없었다. 아버지들은 모두 까치나라 대장인 우리 아버지와 똑같을 것이었다.

묘숙이

그런데 묘숙이는 얼굴도 희고 손도 희고,
머리는 단발머리가 아니라
구불구불하게 어깨까지 내려오도록 길었다.
그건 누나가 아니라 어떤 먼 나라에서 온 계집아이로 보였다.

성당의 종소리 황혼이 짙어갈 때면
성스럽게 들려오는 아베 마아리아…….

나는 성당이란 곳을 한 번도 간 적이 없고, 심지어 성당이
무엇을 하는 곳인지조차 몰랐다. 당연히 '아베 마리아'가 무
슨 뜻인지 모르는 것은 말할 것도 없었다. 다만 그 노래가 다

른 노래보다 뭔가 더 슬픈, 울고 싶은 그런 노래인 것만은 느낄 수 있었다.

"너, 그 노래 어디서 배웠냐?"

엄니가 묻다 말고 기침을 했다. 나는 엄니의 기침이 끝나길 기다렸다가 다시 그 노래를 불렀다.

아아, 산타 마리아에 조옹이 우울리인다아…….

"그 노래 어디서 배웠냐고 물었잖냐?"

"묘숙이한테서요."

"묘숙이?"

나는 이웃 구장네 집을 가리켰다. 옆에서 달챙이로 감자를 까던 할머니가 나 대신 대답을 주셨다.

"구장네 조카, 요새 온 그 아이를 말하는 거여."

"그래요? 육이오 때……. 그 사람요?"

"감옥에서 그 애 아버지는 죽고 그 애 엄니는 말 듣기로는 미군부대……"까지 말씀하시던 할머니는 나를 흘깃 돌아보고는 엄니를 향해 눈을 찡긋해 보였다.

"아, 그렇구먼유. 그런데, 구장 양반 성품으로 봐 그렇게 쉽게 조카를 맡을리 없는데유?"

"다달이 얼마씩 돈을 보내준다는 말을 듣긴 들었어."

"돈을 잘 버남유?"

"글쎄, 그냥 떠도는 말이지만, 미군부대 옆에서…… 그렇게 사는가벼."

할머니는 또 내 눈치를 보셨다.

"그러면 윗뜸 봉아누나처럼……."

엄니도 말을 꺼내다 말고 끝을 흐렸다.

할머니는 대꾸 없이 고개만 끄덕이셨다. 그러고는 개다리소반 위에 있는 그릇들을 챙겼다. 이어 엄니의 기침이 터졌으므로 더 하고 싶어도 말이 이어질 수 없게 되었다. 나는 밖으로 나왔다.

내가 구장네 집 대문 앞에서 얼찐거리는 것을 깨닫게 한 사람은 구장의 부인 순천댁이었다. 묘숙이 보러 그곳에 간다고 생각도 하지 않았는데, 내가 어느새 구장네 대문 앞에 서 있었다.

"묘숙이 찾냐?"

나는 움찔했다. 평소 순천댁이 나에게 싸늘하게 대한 것도 있지만, 다른 한편으로는 어쩐지 묘숙이 때문에 그곳에 서 있다는 것이 부끄러운 일같이 느껴졌다.

우리 동네 아주머니로부터 할머니까지 대부분 쪽을 지었는데, 순천댁은 고슬고슬 머리를 볶아 모양이 특별했다. 그런데다 순천댁은 햇볕이 쬐는 날이면 번쩍거리는 은빛 꼭지가 박이고 함박꽃 무늬가 커다랗게 그려진 양산을 받치고 다녔다. 저번 언젠가는 번쩍거리는 자동차를 타고 와 동네 앞으로 길게 가로놓여진 행길에서 내리기까지 했는데, 길만이형이 그건 택시라고 했다.

잠시 후 묘숙이가 나왔다.

"묘숙아, 너무 늦지 않게 와야 혀."

순천댁의 말에 묘숙이는 대답 대신 고개만 끄떡했다.

"나 들어갈게. 잘들 놀아."

그 말만 놓고 순천댁은 대문 안으로 들어갔다. 순천댁은 묘숙이한테만은 친절하고 해달라는 대로 다 해주는 것 같은 느낌이 들었다.

묘숙이는 색색의 네모칸 무늬가 그려진, 치마 딸린 윗도리와 두툼한 겉옷을 걸치고 있었다. 언젠가 본 듯도 싶고 처음 보는 것 같기도 한 그런 옷이었다. 나중에 묘숙이가 설명해줘서 알았는데, 윗도리와 붙은 치마는 원피스라 했고 겉옷은 코트라 했다. 네모칸 무늬는 옷을 얼룩덜룩 기워서 그런 게 아니라 체크무늬라고 했다. 모두 미국 아이들이 입는 미제 옷이라고도 했다. 거기에 검정 가죽구두를 신었다. 그러잖아도 나보다 키가 큰데다 굽까지 높아 검정고무신을 신은 내가 묘숙이의 얼굴을 제대로 보려면 고개를 뒤로 젖혀야 했다. 그럴 때면 뒤에 파란 겨울하늘이 배경되어 언젠가 엿장수아저씨가 엿판 밑에 숨긴, 벌거벗은 외국여자의 얼굴과 비슷하다는 생각이 들었다. 나는 그때껏 궁금했던 것을 물었다.

"너는 얼굴이 왜 그렇게 하얗냐?"

아이들의 얼굴치고 그렇게 흰 것은 처음이어서 물었다. 묘숙이는 걸음을 세우고 나를 똑바로 보며 말했다.

"너 여섯 살이라매?"

"응."

"난 일곱 살이거든!"

"응."

"응이 뭐야? 난 누나라구. 오늘부터는 누나라고 불러야 한다. 알겠지?"

나는 고개만 끄덕여 보였다. 그러면서 나와 억양이 영 다른 묘숙이의 말소리가 신기했다. 그런데다 생전 한 번도 해본 적이 없는 누나라는 말이 어색했다. 내가 아는 누나란 한집에 살면서 코가 나오면 코를 닦아주고 업어주고, 잘못하면 혼구멍을 내기도 하는 그런 큰 계집아이여야 했다. 그리고 누나는 항상 단발머리를 해야 했고 검정 통치마에 흰저고리를 입고 있어야 했으며 얼굴은 물론 손까지 구리빛이거나 검갈색이어야 했다. 또한 굳은 피부에, 겨울에는 피가 맺히도록 손등이 갈라졌어야 했다. 그런데 묘숙이는 얼굴도 희고 손도 희고, 머리는 단발머리가 아니라 구불구불하게 어깨까지 내려오도록 길었다. 그건 누나가 아니라 어떤 먼 나라에서 온 계집아이로 보였다. 아니, 윗뜸 봉아네 집에서 본 그런 인형과 비슷했다. 그 집 인형과 묘숙이가 다른 부분이 있다면 눈 색깔이었다. 봉아네 집 인형은 눈이 파란데, 묘숙이의 눈은 까맸다.

"왜 대답이 없니?"

채근하는 바람에 나는 비로소 정신을 차렸다.

"알았어."

"그럼, 누나 그래 봐."

"……누나."

간신히 말을 꺼내놓고는 얼굴이 화끈 달아오른 것을 느꼈다. 묘숙이는 그러는 내 얼굴을 가만히 들여다보고는 나직하게 말했다.

"넌 이제 내 동생인 거야. 알았지?"

"응."

"그래. 나 참 좋다. 동생이 생겨서. 서울 우리 집에도 눈이 파란 제니가 있긴 있지만……. 그냥 그래."

"제니? 제니가 사람 이름여?"

하면서 속으로는 아랫뜸 '워리'라는 개를 떠올렸다.

"미국 이름이야. 아빠가 미국 사람이거든."

나는 좀 헷갈렸다. 제니라는 애가 동생이라면 아버지가 같을 것이고, 그렇다면 묘숙이 아버지도 미국 사람이어야 하는데,

하지만 동생은 눈이 파랗다고 했는데······. 그러고 보니 묘숙이는 우리와 다르게 얼굴이 희고 곱슬머리에 키도 크고······. 그렇다면 혹시? 그래서 물었다.

"누나 아빠도 그럼 미국 사람이야?"

"죽을래!"

누나가 버럭 화를 내며 주먹을 어깨 위로 울러멨다. 나는 움찔 한 발 뒤로 물러나고는 그래도 궁금하여 따져 물었다.

"동생 아버지가 미국 사람이면 누나 아버지도 미국 사람이잖아?"

"그게······. 엄마가, 그러니까 나는 한국 사람하고 낳았고 제니는 미국 사람하고 낳았으니까 그렇지 인마!"

나는 이해가 될 것 같기도 하고 아닌 것 같기도 하고, 너무 헷갈렸다.

"그리고 치와와도 있어."

"치와와? 그럼 치와와 아버지도 미국 사람여?"

누나는 아까와 달리 깔깔깔 웃고는 대꾸했다.

"개 이름이야 개 이름. 눈이 툭 튀어나오고 이마도 똥그랗게 폭 튀어나와 얼마나 예쁜지 몰라. 날 잘 딸구."

그러고는 내 손목을 우악스럽게 잡아끌며 덧붙였다.

"우리, 산에 놀러가자."

묘숙이가 화제를 돌리는 바람에 제니에 대해 더 알고 싶은

호기심을 놓쳐버리고 말았다.

"놀러 갈래 안 갈래? 묘숙이 다그쳤다.

"아직 추운데?"

"그래도 난 산이 좋아. 서울에서 도봉산, 수락산 자주 갔었
어. 새아빠랑."

새아빠? 새아버지? 아버지도 새것이 있고 헌것이 있나? 그
럼 까치나라 우리 아버지는 새아버지인가 헌아버지인가? 지금
은 헌아버지였다가 만나면 새아버지가 되나? 생각할수록 헷
갈렸다.

"안 가고 뭘 생각하니?"

묘숙이가 내 귀를 살짝 잡아당겼다.

"아버지."

"아버지?"

"우리 아버지는 까치나라 대장이시거든."

"그래서?"

묘숙이의 까맣고 큰 눈이 더 커졌다.

"우리 아버지가 우리 집에 오면 한 번도 못 봤으께 새아버
지가 되는 거여?"

묘숙이는 머리칼이 구름처럼 부풀도록 도리질을 하며 푸아
칵칵칵 웃었다. 그러고는 새아버지는 미국 군인이며, 머리와 눈
이 브라운이라고 했다. 브라운이라는 말을 몰라 그 뜻을 물

53

었더니 제 옷의 무늬 가운데 노랑빛 나는 색깔을 가리키며 그 빛깔을 브라운이라고 한다 했다. 나는 비로소 깨닫고는 툭 뱉었다.

"아, 쪽제비 색깔!"

"이게 그냥!"

한 대, 꽁 맞았다.

우리 집은 아랫뜸에 있기 때문에 윗뜸까지 가는 데는 제법 시간이 걸렸다. 동네는 윗뜸, 중뜸, 아랫뜸으로 나뉘었는데, 동쪽에서 서쪽으로 길게 이어져 있고 그 앞으로는 신작로가 나 있었다. 중뜸쯤 올라가는데, 묘숙이가 길 맞은편에 멀찍이 떨어져 지어진 집을 가리키며 물었다.

"저 집에는 누가 사니?"

"상여집이야."

"상여집? 뭐하는 집인데?"

"징, 장구 같은 것도 있고 또 상여도 있어."

"징, 장구는 알아. 그런데, 상여는 뭐야?"

그때 내 뒤통수 구석에 있는 악마가 잠이 깨어 내 대신 대답을 주었다.

"시집가고 장가갈 때 쓰는 가마여."

"가보자."

나는 별로 가고 싶은 마음이 없었지만, '놀래 줘, 놀래 주라구!'하는 악마의 속삭임이 더 셌다.

상여집의 북쪽, 그러니까 동네 앞에 놓인 신작로 쪽은 흙벽으로 되어 있고 남쪽을 향한 앞쪽은 나무문이 있었다. 북쪽 흙벽에는 창문이 있었지만 우리의 키로는 그 안을 들여다볼 수 없도록 높았다. 그래서 별수없이 앞쪽의 나무문으로 다가갔다. 호기심에 가득 찬 묘숙이는 문의 요모조모를 살폈다. 나는 그 안을 들여다볼 수 있는 곳을 알고 있었다. 그곳은 두 군데가 있었는데, 한 곳은 문틈이었고 다른 한 틈은 소나무 공이가 빠진 구멍이었다. 그 두 곳은 구멍이 작고 빛을 등에 얹고 보기 때문에 잘 보이지 않았다. 또 한 군데, 그곳은 흙벽담에 동쪽으로 난 구멍이었다. 그 구멍은 누가 만들었을까? 바로 내가 만든 것이었다. 그 구멍을 만들기 위해 집에서 닳아 빠진 호미를 가지고 왔었고, 그 흙구멍을 뚫다가 꼭딱집 털보 아저씨한테 꿀밤을 먹었다.

"이리 와 봐."

내가 말했다.

"누나, 이리 와 봐!"하고 묘숙이가 경고하듯 크게 말했다.

"이리 와 봐……누나." 내가 말했다.

묘숙이를 이끌고 가서 감쪽같이 막아 놓았던 짚뭉치를 잡아 뺐다. 구멍이 꺼멓게 눈을 떴다. 묘숙이가 구멍으로 눈을 가져갔다. 처음에는 환한 데 있다가 깜깜한 데 왔을 때 눈앞이 까매지는 것(암순응, 暗順應) 때문인지 한동안 묵묵히 눈만 대고 있었다. 그러더니 묘숙이가 말했다.

"가마가 두 개니?"

나는 동네 사람 중에 시집가고 장가갈 때 쓰는 가마가 하나 있고, 다른 하나는 상여라는 것을 잘 알고 있었다. 상여를 보여주고 그것으로 놀래주고 싶었다. 어떻게 설명해야 하지? 그때 내 뒤통수에서 닦달하던 악마가 재빨리 설명거리를 마련해 주었다.

"하나는 뚱뚱한 새댁 타는 거고, 예쁘고 작은 건 홀쪽 마른 새댁이 타는 가마여."

묘숙이는 한동안 더 살피고는 눈을 구멍에 댄 채 또 물었다.

"그런데, 뚱뚱한 사람 타는 가마에는 무서운 그림이 붙어 있는데?"

"뚱뚱하니께, 그래서 가마 메는 사람이 힘드니께."

그제야 묘숙이는 구멍에서 눈을 들어 나를 돌아보며 고개를 갸우뚱했다.

"너, 뭔가 속이고 있지?"

"아니. 그냥……."

"그냥, 뭐?"

"뚱뚱한 새댁 가마는 남자도 타고 가는 거여."

"남자는 말을 타거나 걷는다면서?"

"그런데, 그게, 그러니께 삼베 같은 걸로 둘둘 말고 또 상자 속에다 넣으니까 뚱뚱할 수밖에 없어."

"뭐야? 삼베라면 엉성한 천, 그거? 새댁을 삼베로 말아 상자 속에다 넣어?"하던 묘숙은 갑자기 벌떡 일어나 소리쳤다.

"시체잖아!"

그러고는 뒷걸음을 치더니 내 머리칼을 잡고 마구 흔들었다.

"아! 아, 아퍼!"

"너, 죽고 싶어?"

"아프다니께!"

"놀랬잖아!"

"우리 할머니가 그랬어. 죽을 때는 원삼쪽도리 쓰고 한 번 더 시집가는 거라구."

"원삼쪽도리가 뭔데?"

"시집올 때 입는 거."

"그걸 입고 시집을 가?"

"저승이라는 곳으로 시집을 가는 거래."

그제야 묘숙이는 내 머리채를 놓고 한동안 멀리 눈길을 던지며 생각하더니 중얼거렸다.

"그렇구나. 나도 봤어. 제니 엄마 죽었을 때 우리 엄마랑 이모랑, 거기 공주들이 모두 하얀 옷을 입고 꽃상여를 메고 갔었거든."

"공주? 공주가 누군데?"

"알 것 없어"하고 나서 묘숙이는 내 손을 이끌고 가볍고 높은 목소리로 말했다.

"가자."

묘숙이는 나보다 키도 크고 다리도 길었지만 걸음을 걷는 데는 나를 따라오지 못했다. 조금만 걸어도 캐객거리며 잦은 기침을 했고, 숨이 차서 헐떡거리는 소리가 내 귀에 확실하게 들렸다.

"얘, 천천히 가자. 누가 잡으러 오니?"

내가 묘숙이를 이길 수 있는 것은 걸음을 걷거나 달리기를 할 때라는 것을 나는 그제야 눈치챘다. 그래서 약오르라는 투로 받았다.

"난 그냥 천천히 걷는 거여. 우리 동네 아이들은 다 이렇게 걸어."

"너희들은 촌놈들이라 그렇지."

나는 촌놈이라는 말을 이해하지 못했다. 그렇지만 좋은 말이 아니라는 것은 짐작할 수 있었다. 그렇다고 그것을 두고 다투고 싶지는 않았다.

윗벌은 잔 소나무가 빼곡히 들어서 있는 곳이었다. 잔 소나무가 들어차 있어 전부가 녹색으로 채워져 있는 모습은 주위에서 여간해 볼 수 없는 풍경이었다. 어디를 둘러봐도 벌거벗은 붉은 산, 황토백이 산, 돌천지 산뿐이었다. 드문드문 소나무 따위가 못처럼 박여 있는 게 전부였다. 쥐산이라든가 당골, 시루봉, 봉화산 같은 곳은 멀리 있는데다 바위산이라서 푸르스름하게 보일 뿐 가까이 가면 나무가 없기는 마찬가지였다.

우리는 윗벌을 가로질렀다. 아직 봄이 채 여물지 않아 집에서 나올 때는 추웠지만, 묘숙이와 마구 떠들며 뛰다가 걷다가 했더니 곧 더웠다. 묘숙이의 긴 머리에서 담배연기처럼 김이 모락모락 피어올랐다. 희던 얼굴은 빨개졌다. 햇살이 얼마나 굵은지 내 머리통도 화롯불 가까이에 댄 것처럼 따끈따끈했다.

"와, 넓고 깨끗하고……. 참 좋다!"

"서울은 이런 데 없어?"

"쓰레기 천지야."

"누나, 코 나왔어."

"어디? 에이, 없잖아!"

"으아, 카카카카!"

"너 잡히면 죽어!"

윗벌이 끝나는 곳에는 면 소재지로 이어지는 신작로가 나 있고 그 너머에는 약간 높직한 동산이 있었다.

동산에 이르자 소나무들과 이제 막 돋아나는 새싹을 안은

59

잡목들이 우리를 마중나왔다. 뒤편에는 집이 한 채 있고, 그곳에는 산지기아저씨가 살고 있었다. 산지기아저씨는 사람들이 나무를 베지 못하게 했다. 그래서 그렇게 숲이 잘 만들어져 있었던 것이었고, 동산을 본 묘숙이는 기분이 좋아졌는지 노래를 불렀다.

빨간 쉐타 입은 아이가
전차에 깔려서 납작코
그것을 보고 있던 엄마가
땅바닥을 두드리며 엉엉엉.

다 알아들었지만 전차라는 말은 알아들을 수가 없었다. 전차가 뭐냐고 물었다. 전차에 대해 묘숙이는 열심히 설명해줬지만 사람을 태우고 버스처럼 달리는 것이라는 그림만 머릿속에 그려질 뿐 이해는 잘 되지 않았다.

"노래 따라할 수 있어?"

묘숙이가 물었다.

나는 이참에 묘숙이에게 노래 부르는 모습을 제대로 보여주고 싶었다.

"할 수 있어."

묘숙이는 "그래?"하고 놀라는 듯하다가 곧 피식 웃으며 덧붙였다.

"만약 제대로 부르지 못한다면?"

"말 태워주께."

묘숙이는 깔깔깔 웃고는, "니가 날 말 태워?" 하며 비웃었다. 나는 그 말에는 대꾸하지 않고 노래를 불렀다.

빨강 쉐타 입은 아기가
전차에 깔려서 납작코.
그것을 보고 있던 엄니가…….

여기까지 부르고 났는데 내 뒤통수에서 졸던 요정이 느닷없이 깨어나 속삭였다. 나는 요정이 시키는 대로 곡조를 붙여 마무리를 지었다.

그것을 보고 있던 엄니가
똥구멍을 쑤시면서 엉엉엉.

"뭐야!"

묘숙이는 내 머리에 꿀밤을 꽁 주고는 비척거리도록 깔깔거리고 웃었다. 아마 쾅, 하고 총소리가 들리지 않았다면 묘숙이는 나를 붙잡고 더 오래 웃었을 것이다. 웃다가 제가 넘어지고, 나까지 나뒹굴게 했을지도 모른다.

쾅, 소리가 나자 묘숙이는 갑자기 표정이 굳어지더니 내 뒤
에 서서 나를 꽉 끌어안았다.

"무슨 소리니?"

실은 나도 깜짝 놀랐지만, 할머니께서 늘 말씀하셨던 '우리
집 대들보며 사내대장부'라는 말이 떠올라 으스대고 싶었다.
몇 번이나 들은 소리였다. 한 번 그 총소리를 내는 사람들을
본 적이 있었다. 그 사람들은 지프차를 타고 왔었다. 그 가운
데 한 사람은 장군이라고 했는데, 내가 생각하는 장군하고는
영 달랐다. 그는 까만 얼굴에 안경을 썼는데, 키가 작고 엄청
못생겼다. 그런 장군이 어떻게 칼싸움을 해서 뿔 달린 인민군
하고 중공군을 이길 수 있을까? 나는 그런 생각까지 했다. 그
들이 어깨에 사냥총을 얹고 허리춤에는 축 늘어진 장끼와 까
투리를 주렁주렁 매달고 으스대며 지나가자 우리 동네 석관이
삼촌이 나지막하게 말했다.

"장군은 장군인디 똥장군밖에 안 되겠는 걸."

옆에 서 있던 어른들이 낄낄낄 웃었다.

"그건 총소리여." 하고 내가 나직하게 말했다.

"총소리? 누가 쏘는 건데?"

"장군."

“장군?”

“똥장군.”

그러고 있는데, 이번에는 내가 놀라고 되레 묘숙이는 무서움에서 헤어나는 일이 벌어졌다. 커다랗고 얼룩덜룩 점이 박힌 개가 혀를 길게 빼물고 헥헥거리며 우리 가까이에 와서 코를 킁킁대고 있었다. 나는 무서워서 꼼짝을 못하고 있는데, 묘숙이는 개에게 가까이 오라고 손짓하며 말했다.

“포인터야, 포인터. 서울 우리 집에도 이 개 있어. 새아빠꺼지만.”

“안 무서워?”

“순한 개야.”

개는 묘숙이의 말을 알아듣기라도 한 듯 인사로 손을 한 번 핥아주고는 옆 소나무숲 사이로 뛰어갔다.

이어 나를 놀라게 한 사건이 또 한 번 일어났다. 구운 새우 같은 피부색의 남자가 기다란 총을 어깨에 메고 나타났는데, 엄청 큰 키에 얼굴에는 파란 눈이 움푹 들어가 있었다. 그 남자는 우리 앞에서 한쪽 팔로 날갯짓하는 흉내를 내며 말했다.

“유 씨? 벌드, 벌드 Did you see? Bird, Bird.”

이번에는 묘숙이가 나를 놀라게 했다.

“아너노. 아이 디든 I don't know. I didn't.”

그러자 키 큰 남자가 놀라는 얼굴로 말했다.

"오, 유 캔 스픽 잉글리시, 롸잇? Oh, You can speak English, that's right?"

"어 리를. 벗 낱 머치 I can a little, but not much."

"오, 프리굿. 웨이 컴프럼? Oh pretty good. Where you come from?"

"서울 Seoul."

"오, 셔울. 미투! Oh, Seoul, me too"

그러면서 서양인은 털복숭이 손을 묘숙에게 내밀어 악수를 했다. 이번에는 내게 손을 내밀었다. 나는 망설였다.

"괜찮아. 악수해."

묘숙이의 말에 용기를 내어 서양인이 내민 손을 맞잡았다. 엄청나게 큰데다 털이 많아선지 참 뜨거웠다.

"나이스 미츄, 그래."

묘숙이의 말에 이어 털북숭이 서양인이 내게 말했다.

"나이스 미츄."

"나이스 미츄."

나도 따라했다. 서양인이 내 등을 툭 쳤다. 그리고 나서 서양인은 불룩하게 튀어나온 윗도리 주머니에서 초콜릿을 한주먹 쥐어 묘숙이와 나에게 나누어 주었다. 그리고는 "땡큐", 소리를 놓고 사냥개가 사라진 소나무숲 쪽으로 걸어갔다. 묘숙이는 손에 쥐어진 초콜릿을 내 호주머니에 넣어주며 말했다.

"나는 하나만 먹을게. 난 서울에서 많이 먹어서 질렸어."

초콜릿을 받아들긴 했지만, 그 맛있는 것을 서울에서 질리도록 먹었다는 말이 내 자존심을 건드렸다.

돌아오던 중 나도 뭔가를 보여주고 싶었다. 우리 동네에도 서울 사람들이 무시하지 못할 좋은 구경거리가 있다는 것을 은근히 자랑하고 싶었다. 일부러 병관이네 집 담벼락에 바짝 붙어 지나다가 그 애네 집 앞에서 걸음을 세웠다.

"여기 재미있는 거 있는데 볼겨?"

"뭔데?"

병관이네는 구멍가게였다. 담배와 과자, 막걸리 따위를 팔았다. 신작로와 맞닿은 유리창 앞에 다가가 발뒤꿈치를 세우고 손을 이마에 대고 안을 들여다보았다. 묘숙이도 내가 하는 대로 했다. 내가 보여주고 싶은 게 거기 있었다. 커다란 탁상시계가 놓여 있는데, 시간이 되면 까만 사람과 하얀 사람, 노란 사람이 똑같이 몸을 흔들며 뭐라뭐라 말하고 있고, 종이 울렸다. 묘숙이는 보자마자 말했다.

"저거, 우리 집에도 있어. 미국 사람들이 쓰는 시계야."

"미국 사람?"

"그런데, 여기에도 미국 애들이 오니?"

"아니. 할머니 말로는 여기 사는 병관이 누나가 서울인가 어디에서 공주 됐대."

그 말에 갑자기 묘숙이의 얼굴이 굳어졌다. 팽 몸을 돌려 우리가 사는 아랫뜸 쪽으로 혼자 막 걸어갔다. 나는 아무래도 이해가 되지 않아 한동안 묘숙이의 뒷모습을 물끄러미 바라보고만 있었다. 아마 제가 공주 돼야 하는데 촌놈이 공주 됐다니까 기분 나빴을 거야. 그럴 거야.

갑자기 오소소 추웠다.

다르니까

그제야 나는 남자가 소리 내어 울지 않아야 하는 이유를 알게 되었다.
그래서 나는 그날 끝내 울지 않았다.
나는 남자였다.

"오늘 밤 할아버지 제삿날인 거 알지?"

엄니가 물으셨다.

"예."

제삿날은 나를 귀찮게 하지만, 대신 특별대우를 받는 날이
다. 설과 추석, 그리고 증조할아버지와 증조할머니, 할아버지
제삿날은 바로 내 세상이나 다름없었다. 그날만은 어떠한 일

이 있더라도 내가 목욕을 하는 날이고, 그날 하루만은 어떤 잘못을 저지르더라도 혼나지 않으며, 제사 지낼 때는 내가 제주가 되고, 할머니와 엄니는 나를 시중들어야 하는 날이었다.

"오늘 제사는 특별하단다"

엄니가 덧붙였다.

"왜요?"

"내일이면 왜 특별한 날인가 알게 되어."

나는 고개를 갸우뚱했지만, 그냥 넘어갔다. 특별한 날이라면 아마도 십여 리 떨어진 종산의 할아버지 산소를 찾아갈 수도 있겠다. 엄니 옷을 맞추거나 사기 위해 읍내에 갈 것이고, 그곳에 있는 엄니 동창들을 만날 수도 있을 테다. 맛있는 자장면을 먹겠지. 작년까지만 해도 그런 일이 자주 있었는데, 올해 들어와서는 엄니의 기침이 잦아지면서 한 번도 그런 일이 없었다.

점심을 먹고 나자 엄니는 부엌 나무판재기에 뜨거운 물을 담아놓고 날 벌거벗겨 그 속에 앉혔다. 때가 불 때까지 기다렸다가 수세미로 때를 밀기 시작했다. 머리까지 감고, 다 마친 뒤에 속옷까지 새 옷으로 갈아입혔다.

그제부터 할머니와 엄니는 부침개를 부치고 산적을 재고 나물을 무치셨다. 음식 만드는 내내 엄니는 베수건으로 입을 막고 있었다. 기침이 날 때는 곧바로 뒤꼍 광 앞에 가서 기침이 그칠 때까지 서 있곤 했다.

밤이 되자 제사가 시작되었다. 참신, 분향재배, 초헌, 아헌, 유식, 합문 등 할머니는 그 차례를 다 외고 계셔 하나하나 나에게 어떻게 하라고 시키셨다. 우리 가문의 대들보며 사내대장부인 나는 제주가 되어 떠받들어졌는데, 그런 일들은 당연하다고 생각했다. 물론 까치나라에서 아버지가 오시면 아버지가 하시게 될 테지만, 그때까지는 내가 우리 집의 대들보니 그렇게 해야만 옳았다.

제사가 끝나자 할머니는 늘 그렇게 해왔던 대로 나를 특별히 상 앞에 앉게 하시고, 가장 맛있는 것을 제일 먼저 먹게 하셨다. 그러면서 저번 제사 때처럼 늘 말씀하시는 것을 잊지 않았다.

"우리 집 대주님, 오늘 고생 참 많이 하셨수. 어찌나 절을 이쁘게 하는지, 할머니가 홀딱 반했다니께."

꼬끼오, 새벽 닭이 울었다. 그날 제사는 그렇게 끝났다.

이튿날, 전날 제사 때문에 늦게 일어날 수밖에 없었다. 눈을 떴을 때, 바깥이 예전하고 다르게 두세두세하는(나지막한) 소리에 분주하게 왔다갔다하는 발소리가 곁들여 들리는 것이 영 의심스러웠다.

"할머니, 뭐하세요?"

눈을 부비며 밖으로 나섰다.

전에 몇 번 왔었던 외삼촌 두 분이 와 계셨다. 큰외삼촌은 와이셔츠에 넥타이를 매고 오셨고, 작은외삼촌은 짙은 남색에 로망칼라로 된 대학생복을 입고 오셨다. 큰외삼촌은 면사무소에 다니고, 작은외삼촌은 서울에서 대학교에 다닌다고 했다.

"안녕하세유."

내 인사말에 큰외삼촌은 나를 물끄러미 바라보더니, 내 앞에 쭈그려 앉아 나와 눈높이를 맞췄다. 그러고는 나를 와락 끌어안았다. 나를 놓아줄 때 외삼촌의 눈이 젖어 있는 것을 볼 수 있었다.

"잘 컸네요."

큰외삼촌이 할머니를 올려다보며 말했다. 할머니는 고개를 가로젓고 나서 대꾸하셨다.

"제 아버지가 없으니께……. 외롭쥬."

"아무튼, 한동안 어렵더라도 쟤 좀 잘 부탁드립니다. 요새는 의학이 발달해서 오래 가지는 않을 겁니다."

"팔잔데, 해내야쥬."

할머니는 옷소매를 눈으로 가져가셨다.

엄니는 말없이 윗방 방문을 열어 놓고 무릎을 세운 채 얼굴을 무릎 사이에 묻고 계셨다. 그제야 나는 엄니가 진짜로 슬퍼 보였다. 평소에 씨익 웃던 그 모습 자체가 얼마나 불쌍한 모습이었던가! 그리고 보니 엄니의 목은 다른 동네 아주머니들보다 너무 가늘고 길었다. 쭈글쭈글한 할머니 목보다도 더 가늘었다. 그리고 얼굴은 묘숙이보다 훨씬 더 희였고, 눈은 휑하게 열려 보였다. 뒷동산 방공호처럼.

"가자, 여옥아."

큰외삼촌이 윗방에 대고 말했다. 엄니가 나오셨다. 눈두덩이 빨갛게 부풀어 있고 눈도 토끼처럼 빨갰다. 엄니는 베수건으로 입을 가리고 있었다. 옷은 평소 입지 않던 한복으로, 짙은 자주색 저고리에 남색치마였다. 할머니가 하얗게 잘 닦은 고무신을 가져와 댓돌 위에 코가 대문 쪽을 향하게 나란히 놓았다. 엄니가 마루 끝에 앉아 신발을 신다가 한 차례 기침을 했다. 그러고는 내려서자마자 할머니 앞으로 다가가더니 털썩 무릎을 꿇었다.

"죄송해요 어머님!"

"아녀, 아녀. 이게 무슨 짓여!"

할머니가 손사래를 치고는 엄니를 일으켜 세우며 덧붙였다.

"죄송하긴. 내 소견이 그만이어서 널 이렇게까지 만들었는디……"까지 말씀하시던 할머니는 으흐흑, 울음을 토하며 주저앉았다. 엄니와 할머니는 마당에서 부둥켜안고 그렇게 울고 또 울었다. 폭폭하게 울었다. 담 위에 얼굴을 얹고 우리 집을 넘겨다보던 동네 아저씨, 아줌니들도 대부분 손을 눈으로 가져갔다. 그런 모습을 보니까 나도 마냥 슬펐다. 그냥 엄청나게 슬펐다. 으앙, 울음을 토했다.

작은외삼촌이 나를 이끌고 뒤꼍으로 갔다. 장독대 옆에서 작은외삼촌이 나지막하게 말했다.

"네가 울면 더 슬퍼진다. 다른 사람은 몰라도 너는 울지 말아야 해. 알았어?"

"왜요?"

"넌, 넌 이 집안에서 유일한 남자니까. 남자는 울지 말아야 하니까. 나도 울지 않고 있잖냐?"

나는 고개를 끄덕였다.

작은외삼촌은 내 머리를 쓰다듬고는 손을 이끌어 마당으로 나섰다. 그때는 이미 할머니와 엄니는 물론 큰외삼촌까지 마당을 비우고 모두 대문을 나선 뒤였다. 그러고 있는데 갑자기 대문 안으로 엄니가 뛰어오셨다. 나를 와락 끌어안더니 고개를 내 등 뒤로 넘기며 기침과 함께 울음을 토하고는 눈물 젖은 목소리로 말씀하셨다.

"그동안 참 미안했다!"

나는 뭐가 미안하다고 하는지 몰라 그냥 서 있었다. 작은외삼촌 말대로 울지 말자, 난 남자니까 울지 말자, 그 말을 거푸 생각하면서.

"내가 널 하루에 백 번씩이라도 안아주고 잠도 같이 자주고 싶었지만, 난 폐병쟁이란다. 병이 옮을까봐 그러지 못했어."

그제야 나는 할머니하고만 늘 같이 있었지 엄니하고 같이 자고 엄니의 품에 안겨본 적이 없었다는 것을 깨달았다. 그러면서도 늘 엄니의 품 안에 있었던 것처럼 생각됐던 건 왜일까? 다른 아이들은 엄니 치맛고리를 붙잡고 졸졸졸 따라다니곤 하는데 그렇게 해야겠다는 생각을 못한 것은 왜일까? 그런 생각을 했다.

나는 그렇게 마냥 서 있었다. 문득 엄니는 내 얼굴을 들여다보며 입술을 지그시 깨물고는, 순간 표정을 딱딱하게 굳히며 일어섰다. 그제야 나는 입을 열었다.

"아버지는 언제 와 엄니?"

엄니는 당황하는 기색이 역력했다. 나는 이어 말했다.

"아버지는 왜 요새 까치 쫄병 안 보내유?"

잠깐 시간을 두고 엄니가 대꾸했다.

"나한테는 매일 까치가 와서 네 아버지 소식을 전해줘. 오늘 아침에도 와서 그랬는걸."

"뭐라고 했슈?"

"잘 계시다구. 그곳 일이 하도 바빠서 그렇게 됐다고, 너한테 미안하다고 그러셨디야."

그리고 엄니는 어김없이 기침을 하셨다. 내 입에서는 '거짓말'이라는 말이 뱅뱅 돌았지만, 입술을 꼭 물어뜯어 참았다. 거짓말이라고 한다면 엄니도 슬프겠지만, 내가 더 슬플 것 같았다.

"가요, 누님."

작은외삼촌이 엄니의 손을 잡아 이끌었다. 나는 엄니의 손을 놓지 않고 뒤따라갔다. 서너 발짝 떼었을까, 할머니가 엄니

73

와 내가 잡은 손에서 내 손만 잡아 뿌리치듯 떨어지게 하셨다. 돌아보는 엄니에게 말했다.

"어이 먼저 가서 차부터 타. 동네 사람들 죄다 모여들기 전에."

엄니는 고개를 끄덕이면서도 내 얼굴에서 눈길을 떼지 못하셨다.

"엄니, 알았응게 얼른 가세유."

내가 말했다. 어른같이 말했다. 대장부답게 말했다. 담 위에 호박이 열리듯 쭈쩍쭈쩍 얹혀진 얼굴들 중에 자기들끼리 속닥이는 소리가 들려왔다.

"어, 쟨 울지도 않네."

"애답지 않게 모진 녀석여."

"지 아비 닮았으니께."

"할아버지 닮았을 테지."

나는 그들의 말을 이해했다. 할아버지는 동네에서 알아주는 고집쟁이라고 했다. 식민지 시절에 고집을 부리다 수시로 지서에 끌려가 매를 맞았는데, 그래서 돌아가셨다는 말을 들어 나는 알고 있었다. 또 아버지는 아버지대로 면 서기일을 보면서 군대를 빠질 수 있었는데도, 나라에 전쟁이 벌어졌는데 어찌 그럴 수 있느냐며 입대했다고 했다. 그런 말을 동네 사람들은 자주 했고, 할머니도 딱 한 번 그런 말씀을 한 적이 있었다.

"그놈의 고집불통은 느이 할아버지 적부터 대대로 이어지고 있는겨."

골목 밖 중식이형네 바깥마당에 자동차 한 대가 세워져 있었다. 그곳 주위에도 이미 동네 사람들이 무더기무더기 몰려 있었다. 울면서 자꾸만 돌아보려는 엄니를 큰외삼촌이 억지로 떠밀어 차 안에 밀어 넣었다. 이어 작은외삼촌이 타고, 큰외삼촌이 할머니에게 인사말을 놓았다.

"걱정하지 마세요. 요샌 의술이 하도 좋아서 잘될 거예요. 건강 잘 챙기시고요."

할머니는 약간 고개만 숙이고는 잔잔하게 받으셨다.

"내가 미리 주선해주지 못해 미안허우. 아는 게 없으니 어쩔 수가 없었쥬."

"네, 잘 알아요. 저만큼 버틴 것만도 사돈마님의 보살핌 때문이지요."

부웅. 차가 떠났다. 엄니의 얼굴이 유리창에 비쳤고, 손 흔드는 것을 보았다. 내가 손을 들었을 때 자동차는 이미 바깥마당에서 빠져나가 길가 변소 뒤로 사라진 후였다. 그때 왜 그런 그림들이 내 머릿속에 그려졌을까?

개구리는 논두렁에서 좀 멀리 떨어져 있었다. 할머니가 그 개구리를 향해 쇠꼬챙이를 찍었다. 그러는 순간 다리가 휘청하더니 논바닥으로 고꾸라지셨다. 허우적허우적 할머니가 몸을 일으키셨을 때 얼굴은 물론 옷까지 온몸이 논흙투성이였다. 그랬는데도 할머니는 쇠꼬챙이에 찍혀 피를 흘리며 버둥대는 개구리부터 망태에 담으셨다. 그러고는 논흙범벅인 얼굴로 하늘을 올려다보며 중얼거리셨다.

"상제님도 참 야속하시지, 차라리 나를 폐병쟁이로 만들 것이지……. 이 팔자가 이게 뭐유? 이렇게 살아야 하우?"

꺼이꺼이 흐느껴 우셨다. 나도 슬퍼져 덩달아 울었다. 순간, 할머니의 울음소리가 뚝 그쳤다. 할머니가 바라보는 쪽으로 눈길을 돌리자 순복이 아버지가 논둑길을 걸어오고 있었다. 할머니는 불끈 일어나 가까운 둠벙으로 가서 얼굴을 씻고, 저고리 앞섶과 치마를 훼궜다.

"수렁창에 빠지셨슈?"

순복이 아버지가 물었다.

"자빠졌슈."

할머니는 아무렇지 않게 대꾸하셨다.

잡아온 개구리를 할머니는 도마 위에 올려놓고 다리만 잘라 모았다. 도마에는 개구리 피가 뻘겋게 흘러넘쳤다. 허리가 잘린 개구리의 윗몸통에서 어떤 것은 창자가 터져 나온 것도 있고 어떤 것은 그제껏 살아 눈알을 꿈벅이며 앞발을 꿈틀대는 것도 있었다.

할머니는 잘린 다리들을 물에 헹궈 그것을 솥에 넣고 고았

76

다. 뽀얀 국물이 참 진했다.

때로 할머니는 오리를 샤오시기도 했다. 꽥꽥거리는 오리가 멀뚱멀뚱 할머니를 바라보고 있으면 할머니는 고개를 돌렸다. 미리 가늠해 놓은 대로 낫을 획 휘둘렀다. 오리의 목이 땅바닥에 툭 떨어지고, 머리가 없는 오리는 목줄기에서 피를 푸각푸각 토하며 몇 발짝 걷다가 땅바닥에 엎어져 버르적거렸다.

후유, 후.

할머니는 한동안 눈을 안 뜨고 한숨만 들이내쉬었다. 낫을 놓고 가슴을 서너 번 쓰다듬어 내린 뒤 아직 다리를 떨고 있는 목 잘린 오리를 부엌으로 가져가셨다.

그렇게 정성을 다했는데, 엄니는 결국 결핵요양소로 가고 말았다.

엄니를 보내고 난 할머니는 집에 들어오자 부엌으로 가서 사기대접에 물 한 대접을 떠 들고 뜰팡으로 나오더니 한 번에 쭈욱 들이키셨다. 신발을 벗고 마루 가운데에 척 앉으시고는 나를 향해 손짓하며 말씀하셨다.

"어이, 올라와 앉으시오. 할 얘기가 있으니께."

할머니의 말투가 갑자기 바뀌어 나는 어리둥절했다. 하도 웃겨서 하하하 웃으려던 나는 입을 꾹 다물었다. 할머니의 얼굴이 빳빳했다. 풀 먹인 홑이불 깃이 내 목에 닿는 것 같이 엄청

77

껄끄러웠다. 다른 때 같으면 '으이구 내 새끼, 어이구 이쁜 내 새끼' 그랬을 것이다.

내가 마주 앉자 할머니는 내 입가에 무엇이 묻은 듯 치마 말기로 쓰윽 훔쳐내고는 우선 침부터 꿀꺽 삼켰다.

"이제 한동안은 엄니를 못 볼 것이야. 하니께 엄니를 원망하지도, 그리워하지도 말게나. 알았소?"

무슨 말인지 선뜻 이해하지 못했다. 엄니를 미워한 적도, 그렇다고 특별하게 생각한 적도 없었다. 나를 보면 엄니는 다정한 얼굴로 씨익 웃으시고, 윗방에서 종일 베를 짜거나 수를 놓고, 이따금 베수건으로 입을 막고 할머니와 같이 음식을 만드는 그런 엄니로 비쳐져 있었다. 어쨌든 나는 그러겠다는 뜻으로 고개를 끄덕였다. 할머니가 말을 이으셨다.

"엄니는 자네를 엄청히도 사랑했수. 하지만 폐병이 옮을까봐서 그간 가까이 가는 것을 말렸으니 모질다고 생각하지 말고 엄니의 속내를 잘 헤아리길 부탁하려는 것이오."

난 엄니가 나에게 모질게 대한 적이 없어 그 말도 이해되지 않았다. 지금까지 엄니는 빙긋이 웃어 나를 편안하게 해주고, 까치나라에 계시다는 아버지가 오면 친구처럼 같이 장난하고 뛰어다니며 신나게 놀아줄 분이라 것만 머릿속에 그리며 그렇게 지내왔었다. 그런데 막상 할머니로부터 그런 말을 듣자 콧등이 시큰하면서 눈물이 나오려고 했다. 슬펐다.

바로 그때 엄니의 목소리가 들려왔다. 언젠가 내가 아이들한테 언어맞고 집에 들어와 대신 때려줄 아버지나 형이 없는 게 슬퍼서, 너무 슬퍼서 꺼이꺼이 울고 있을 때 엄니가 다가와 목이 멘 목소리로 말씀하셨다.

　　"아가, 남자는 소리 내어 우는 게 아니란다. 여자나 소리 내어 우는 것이여. 넌 남자잖아."

　　그 뒤 할머니께 여쭈었다.

　　"왜 여자는 소리 내어 울어도 되고 남자는 소리 내어 울면 안 돼유?"

　　잠시 생각하고 나서 할머니가 말씀해 주셨다.

　　"여자하고 남자하고 다르니께."

　　"뭐가유?"

　　"그거야 남자는 여자가 없는 게 하나 더 있으니께."

　　"뭔데유?"

　　할머니가 내 사타구니를 쓰윽 추어주면서 말씀하셨다.

　　"이거."

　　그제야 나는 남자가 소리 내어 울지 않아야 하는 이유를 알게 되었다.

　　그래서 나는 그날 끝내 울지 않았다.

　　나는 남자였다.

　　부랄이 달린!

우리 집 대들보

그 눈길에서 나는 서울양반과 묘숙이와
묘한 어떤 관계가 있을 거라고 짐작을 했다.
서울양반은 무슨 말인가를 더 하려고 했지만,
묘숙이는 고개만 끄덕하고 윗뜸 쪽으로 몸을 돌려 걸어갔다.

뒤에서 누군가 내 어깨를 잡아 흔드는 바람에 나는 흠칫
놀라며 뒤돌아봤다. 묘숙이가 거기 서 있었다. 나는 속으로 외
쳤다. '참, 묘숙이가 있었지!' 좀 전까지 있었던 쓸쓸함이 금세
사라졌다.

"엄마 생각나서 그래?"

묘숙이가 뜬금없이 그렇게 물었다. 엄마라는 말이 귀에 설었

다. 나는 우리 동네 사투리인 엄니가 입에 배었고, 엄니라고 해
야 제대로 귀에 들어왔다. 엄마라고 하면 어딘가 외국말처럼
들렸다. 나는 그냥 툭 뱉었다.

"아니, 우리 아버지."

"느네 아버지는……"하던 묘숙이는 내 얼굴을 한동안 살피
고는 말을 이었다.

"곧 오실 거야. 까치나라가 행복해지면."

"그럼 지금은 안 행복해서 못 오셔?"

"아니, 그게 아니라……."

잠깐 시간을 두고 내가 물었다.

"까치나라가 있다고 생각해?"

묘숙이는 표나게 움찔했다.

"응."

"어떻게 알아?"

"응, 영화에서 봤어. 그건 그렇고, 우리 저 산에 가볼까?"

묘숙이가 가리키는 쪽을 바라보았다.

"쥐산?"

"가재가 많다매? 난 아직 가재를 못 봤거든."

"몇 번 가봤어. 가재 두 마리 잡아도 보구."

내가 그러겠다고 하자 묘숙이는 잠깐 기다리라 하고는 집으
로 뛰어들어가 종이봉지를 들고 나왔다. 봉지에서 초콜릿 한

개를 꺼내 내게 주었다. 내 손바닥만한 게 넓적하고 컸다.

"먹어. 이모가 부쳐준 거야."

초콜릿의 독특한 냄새는 늘 세상 어디엔가 저희들끼리 있을 과자나라를 떠올리게 했다. 그곳 집들은 모두 몽글몽글, 둥글둥글, 울긋불긋, 그런 집이었는데 과자로 지어져 있었다. 그뿐인가. 나무도 과자고 담장도 과자였다. 아궁이에서 나오는 연기 때문에 눈물을 줄줄 흘리며 밥을 하지 않아도 되었다. 그냥 과자로 된 나무를 앞니로 물어뜯으면 되었다. 그 모든 이야기는 벌거벗은 여자 사진이 있는, 엿장수아저씨의 책에서 얼핏 본 그림이 바탕이었다. 책 종이는 유리처럼 반짝였고 그림 색깔들은 얼마나 화려했던지!

초콜릿 귀퉁이를 송곳니로 조금 물어뜯어 혀 사이로 밀어넣고는 물었다.

"이모가 미국 살어?"

"아니. 인천."

"그럼, 어떻게 이런 걸 보내는거?"

묘숙이는 더 말하기 싫다는 듯 툭 뱉었다.

"알 것 없어!"

묘숙이가 앞서 윗뜸 쪽으로 걸어가고, 나는 초콜릿을 아주 조금씩 물어뜯으며 뒤따라갔다. 중뜸 학중이네 모퉁이를 막 돌아섰는데, 그곳에 맹꽁이트럭 한 대가 신작로 옆 논으로 처

박혀 기우뚱 기울어져 있었다. 그 주위에는 동네 사람들이 삽이며 곡괭이들을 들고 바퀴 주위를 파기도 하고 뒤에서 밀기도 했다. 그때 지프차 한 대가 다가와 섰다. 차 속에서 검정 신사복을 입고 머리는 반들반들 기름을 바르고 퉁퉁한 얼굴에 살갗이 하얀 아저씨가 내렸다. 아저씨는 재빨리 운전석 쪽에서 차 앞을 돌아 조수석 뒷좌석으로 다가갔지만, 그곳에 타고 있던 노인은 이미 차문을 열고 두 다리를 내려놓아 막 땅을 디디려고 하는 참이었다. 노인은 한복에 두루마기를 입고 있었다. 하얀 수염은 검은 얼굴 때문인지 더욱 희게 보였다. 얼굴이 시골 사람처럼 검은 게 되레 이상하게 보였다. 얼굴이 검으면 옷도 우중충 구질구질해야 하는데.

"그냥 앉아 계시지 그러셨어요."

운전하고 왔던 사내가 두 손을 비비며 말했다.

"서울서 여기까지 오느라고 참 수고가 많았네."

그러자 이번에는 동네 사람들이 우르르 몰려들어 허리를 굽실굽실했다. 아이들은 아이들대로 어른들이 몰리니까 덩달아 몰려들어 가랑이 사이를 왔다갔다했다.

"그간 몸 근강히 잘 계셨슈? 저 대길이구먼요."

"아이고, 자넨가! 내가 왜 자네를 모르겠는가."

"저는 정수구먼유."

"아따, 이 사람. 새파랗던 기품이 어제 같더니, 이제 지긋해졌구만."

"세월은 어쩔 수 없잖유."

동네 사람들은 흰수염 노인에게 각기 한마디씩 건넸다. 그때 아랫동네에 사는 따다리아줌니가 헐레벌떡 뛰어왔다.

"서울양반 오셨슈."

그제야 언젠가 들은 것 같은 말, 서울양반이라는 사람이 바로 그 노인이라는 것을 깨달았다. 따다리아줌니는 말이 많고 빨라 따달따달한다하여 따다리아줌니라 일컬었는데, 별명에 걸맞게 한동안 따다다다 말따발총을 쏘아댔다. 서울양반은 그러는 그 아주머니를 핀잔하지 않고 일일이 대답해주면서 연신 수염을 쓰다듬으며 미소를 잃지 않았다. 마침내 어떤 아주머니가,

"그만 좀 하게 이 사람아!"

핀잔하며 따다리아줌니를 뒤로 밀어붙임으로써 다른 사람들이 말할 기회를 얻었다.

그때 묘숙이 이모가 나타났다.

서울양반과 인사를 나누고 나자 "마침 너 여기 있었구나" 하며 묘숙이를 발견하고는 이끌고 가 인사시켰다.

"얘가 서울 사는, 배 다른 제 여동생 딸, 묘숙이구먼유."

"아, 종숙이네!"

그러고는 묘숙이를 지그시 바라보았다. 그 눈길에서 나는

서울양반과 묘숙이와 묘한 어떤 관계가 있을 거라고 짐작을
했다. 서울양반은 무슨 말인가를 더 하려고 했지만, 묘숙이는
고개만 끄덕하고 윗뜸 쪽으로 몸을 돌려 걸어갔다.

"조금만 더 있다 가자."

내가 말했지만 묘숙이는 들은 숭(흉내)도 하지 않고 마냥
걸어갔다.

"에이, 차 꺼내는 거 보고 가자니께……. 에이, 쬐끔만 있다
가자아!"

연신 투덜댔지만 묘숙이는 조금도 걸음을 늦추지 않았다.
나는 묘숙이가 분명 기분 나쁠 것이라고 생각했지만, 그렇게
해서라도 할 수 없이 자기 입으로 말하도록 할 생각이었다.

"종숙이가 누구여?"

그러나 묘숙이는 내 물음에는 대꾸 없이 하늘을 올려다보
더니 그때쯤 하늘에 하얗게 선이 그려진 비행운을 손가락으
로 가리키며 물었다.

"너 저게 뭔지 아니?"

"아니."

"비행기가 지나가면 저런 실 같은 구름이 생긴단다."

묘숙이는 딴전을 피웠다. 그럴수록 나는 서울양반이 했던
말, 종숙이라는 이름이 누굴까 더욱 궁금했다.

"종숙이가 누구냐니께?"

좀 앞서 가던 묘숙이가 갑자기 걸음을 세우고 홱 돌아서더니 내 얼굴에 가까이 대고 귀청이 떨어져 나갈 듯한 목소리로 말했다.

"우리 엄마다, 왜!"

내 얼굴에 침이 튀어 기분 나빴지만, 묘숙이의 눈에 커다랗게 독이 묻어 있는 게 너무 무서워 아무 말도 할 수 없었다. 내 몸이 조그맣게 쪼그라졌다. 묘숙이는 말없이 잰걸음을 놓아 팍팍팍팍 앞서 걸었다.

서울양반

자왈(子曰) 위선자(爲善者)는 천보지위복(天報之以福)하고
위불선자(爲不善者)는 천보지위화(天報之爲禍)니라.

　　우리 집은 신작로에서 골목으로 들어와 세 집 지나쳐 가장
안쪽에 있었다. 뒤꼍은 뒷동산으로 이어졌는데, 사이에 대나무
밭이 있어 뒷동산과 경계로 구분되었다. 그래서 우리 집 대문
을 나와 골목길을 나오면 왼쪽으로 구장네 집과 행길로 이어
지는 바깥마당이 있고, 바른쪽으로는 봉아형네 집에 이어 이
번에 서울에서 내려온 서울양반네 집이 있었다.

서울양반이 이사 오기 전 그 집 대문은 늘 닫혀 있었다. 그래서 어쩌다 그 안에서 나오는 안경 낀 아주머니를 보긴 봤지만 별로 신경 쓰지 않아 있는 듯 없는 듯하였고, 따라서 그 집에 대한 호기심도 없었다. 그 안에 사는 사람들보다 오히려 더 자주 볼 수 있는 것은 대문 밑 틈서리나 담 위로 날아올라 서 있는 닭들이었다.

그 외에도 그 집에 대해 더욱 관심이 없게 만든 것은, 그 집에는 밤마다 귀신이 나온다는 말을 봉아형으로부터 들었기 때문이었다. 밤만 되면 빨강불이 하늘로 후욱하고 솟구치며 '이히히히' 귀신 웃음소리가 들리면 이어 파랑불이 또한 후욱 하늘로 솟구치며 '이히히히' 웃음소리가 뒤따르고, 이어 빨강불과 파랑불은 공중에서 서로 박치기를 하는데, 그때마다 하늘에 도깨비불이 번쩍번쩍한다는 거였다. 그런데 그 말을 믿을 수밖에 없는 것이, 실제로 잠을 자지 않고 마당에 나와 있을 즈음이면 엄청 넓고 긴 빛줄기가 하늘을 비질하듯 좌우로 훑고 지나가는 것을 자주 볼 수 있었다. 그때마다 할머니 품에 뛰어들며,

"할머니, 도깨비불!"

외치면 할머니는 나를 치마로 감싸 안으시며 말씀하셨다.

"그려, 그려. 저건 도깨비불인디, 너처럼 착하고 일찍 자는 아이들은 상관없는겨. 그러니 지금 들어가서 자자, 오포(자정에

울리는 통금 사이렌) 소리가 아까아까 났었으니께."

그런데 그날, 그 집 앞에서 묘숙이가 대문 안을 기웃거리고 있었다.

"귀신 나오는데 뭘 봐?"

다가가 등 뒤에서 말하자 묘숙이는 화들짝 놀라며 나를 뒤돌아보고는 가슴을 쓸어내렸다.

"휴, 깜짝 놀랐잖아!"

"이 집에서 귀신 나온다는 거 몰라?"

"나도 들었어. 하지만 거짓말일 거야."

그러고는 도로 대문 구멍에 눈을 갖다 댔다. 이어 나지막하게 중얼거렸다.

"나왔다……. 나왔어."

"뭐가?"

내 되물음에는 대꾸도 하지 않고 이번에는 대문을 주먹으로 쾅쾅 쳤다. 그러고는 큰 소리로 말했다.

"할아버지, 저예요. 묘숙이에요."

안으로부터 서울양반의 목소리가 들려왔다.

"안 잠겼으니까 열고 들어오너라."

"예."

대답을 하며 묘숙이는 스스럼없이 제 집 드는 것처럼 대문을 열고 안으로 들어갔다. 나는 뒤로 흠칫 물러났다가 호기심에 이끌려 대문 쪽으로 귀를 기울였다.

"우리 엄마 이름 어떻게 아세요?"

묘숙이가 따지듯 물었다.

"그게 궁금했구나."

"당연하죠."

"네가 세 살 때던가, 용산 너희 집에 들렀던 적이 있지."

"그럼, 우리 아빠도 아세요?"

"알다마다. 한때 네 아빠를 내가 가르쳤는걸."

한동안 조용했다. 묘숙이의 울음소리가 조그맣게 들려왔다. 묘숙이의 울음소리를 들으며 역시 나는 할머니가 시키는 대로 대장부답게 잘 지내고 있다는 것을 깨달았다. 나는 대장부이기 때문에 엄니가 요양소로 갈 때 울지 않았다. 그런 것으로 봐 나는 분명 장군이 될 것이고, 까치나라 대장이신 아버지는 나를 엄청 예뻐하실 거라는 생각을 하니까 신명이 나면서 서울양반이 있는 귀신집이 전처럼 무섭지 않았다.

들어갈까 말까 망설이고 있는데, 묘숙이가 먼저 나오고 뒤따라 하얀 수염이 매달린 검은 얼굴이 눈에 들어왔다. 구레나룻까지 그렇게 하얀 수염으로 덮여 있는 얼굴은 처음 보았다. 그건 사람의 얼굴이 아니고, 작년에 할머니와 절에 가서 보았던 산신령 귀신 그림과 똑같았다. 나는 그렇게 멍청히 서울양반의 얼굴을 바라보았다. 순간 흰털이 반쯤 박힌 눈썹 바로 밑, 동굴처럼 옴폭 들어간 서울양반 눈동자와 내 눈이 마주쳤다. 요상하게도 서울양반의 눈알은 고양이처럼 누런색이 감돌았다. 그 눈빛이 어딘지 두렵고 내 눈알을 시리게 만들어 할 수 없이 눈길을 땅에 내려뜨려야 했다.

"네가 소라실양반 손자 맞지?"

서울양반이 물었다.

나는 우물쩍거렸다.

"아버지 성함이 병자에 수자 맞지?"

아버지 이름을 말하는 것 같기는 한데 성함이라는 말과 이름에 '짜, 짜'하는 게 걸려 무슨 말인가 헷갈렸다. 묘숙이가 끼어들어 우리 집을 손가락으로 가리키면서 내 이름을 말했다. 서울양반은 고개를 끄덕끄덕하더니 혼잣말로 중얼거렸다.

"그리도 영특하고 똑똑하더니만……."

서울양반은 돌아서는 묘숙이와 나에게 말했다.

"참, 우리 집에 약과가 있는데, 먹고 가지 않을래?"

난 그대로 가려 했는데, 묘숙이가 몸을 획 돌리고는 그 말을 받았다.

"할아버지, 고마워요."

우리 집에서 직선으로 불과 두 집 건너에 있는 서울양반 집인데도 나는 처음 들어가 보는 거였다. 대문 밖을 지나가면서 본 것과 다르지 않게 썰렁하긴 마찬가지였다. 내가 보지 못했던 것은 고샅과 이어진 담벼락 밑에 길게 꾸며진 꽃밭이었다. 바람이 시익 불자 굴뚝 모롱이에서 수탉 한 마리와 암탉 다섯 마리가 나오다가 우리를 보고는 기급을 하며 도로 들어갔다.

묘숙이와 나는 댓돌을 밟고 올라 마루에 걸터앉았다. 먼저 올라간 서울양반이 마루 가운데에 가부좌를 틀고 앉아 우리에게 일렀다.

"어이 신발 벗고 올라오너라."

이어 동네에서 유일하게 안경을 낀 그 집 아주머니가 부엌에서 나왔다.

"아버님, 뭘로 드릴까요?"

"난 녹차로 하고, 얘들은 약과 좀 내놓게."

사랑방 문이 빠꼼이 열려 있었다. 밖이 너무 환해서 방 안은 컴컴하게 보였지만, 벽에 기대어 놓은 책장에 책이 한가득 꽂혀 있는 것을 보면서 별로 기분이 안 좋았다. 우리 집에만 책이 많은 걸로 알았는데, 서울양반네 집에 비하면 아무것도 아닌 것을 알게 되자 심술이 났다.

"많이 들어요 어린 친구들."

눈부시게 살갗이 흰 안경아주머니가 육각으로 된 낮은 나무쟁반에 약과를 수북이 담아 우리 앞에 놓으며 하는 말이었다. 남의 어른이 우리처럼 어린애에게 존댓말을 쓰는 게 참 생소했다.

"맛있게 먹겠습니다."

이렇게 말을 받는 묘숙이의 말투 또한 나에게는 새로웠다. 우리는 누군가가 먹을 것을 주면, "저어, 아직 배가 안 고픈디유"하면서 몸을 좀 꼬고 나서 그래도 먹으라 하면 쑥스러운 몸짓을 하고는 조심스레 손을 가져가 먹는 게 그간 익혀온 나의 행동이었다. 그런데 묘숙이는 우리와 다른 억양으로 똑떨어지게 말끝에 '습니다'를 넣어 어른처럼 말을 하고는 스스럼없이 손을 내밀어 약과를 집어 들지 않는가.

나의 눈길을 끈 또 하나는 조그만 뚜껑이 얹혀 있는 앙증맞게 생긴 사기 종지였다. 서울양반이 그 종지 뚜껑을 열어젖히자 그 속에는 뜨거운 물에 익은 풀잎이 빽빽하게 들어차 있었다. 반찬도 아닌데 그냥 삶은 풀잎을 먹는다는 게 나로서는 이해가 가지 않았다. 서울양반이 종지 안에 또 하나 들어 있는 작은 종지를 들어내자 삶은 풀잎이 바로 그 속에 있었다.

서울양반은 우린 물이 든 잔을 들어 아주 천천히 한 모금 마시고는 또한 아주 천천히 그것을 내려놓았다. 커다란 대접에 막걸리를 쭐쭐쭐 따라 그것을 입에 가져가 한 번에 꿀꺽꿀꺽 들이마시고는, "크으, 맛 좋다!" 소리를 내며 대접을 놓는 동네 어른들의 모습만 많이 봐 왔던 나로서는 서울양반의 그런 행동들이 예사로 보이지 않았다.

"넌 왜 안 먹니?"

서울양반의 말소리에 나는 흠칫하며 약과로 손을 가져갔다. 맛있게 약과를 먹고 있는데, 서울양반이 물었다.

"묘숙이 너는 커서 어떤 사람이 되고 싶니?"

묘숙이는 말이 떨어지기가 무섭게 대꾸했다.

"미국으로 시집갈래요."

그 말에 할아버지는 흠칫하는 기색이었다. 더 말없이 고개를 끄덕끄덕하고는 이번에는 내게 눈길을 보내며 물었다.

"너는?"

"대들보요."

나 또한 당당하게 대꾸했다.

"대들보?"

"우리 집 대들보에다 대장이 되는 거유."

할아버지의 얼굴에 그늘이 스쳤다. 이내 밝은 표정으로 바꾸며 말했다.

"대들보 노릇하기가 참 어렵단다. 그나저나 대들보가 되려면 어떻게 해야 하는지 아냐?"

"화내지 않고요."

"그렇지."

"울지 않고요."

할아버지는 내게 향했던 눈길을 찻잔에 떨어뜨리며 고개를 끄덕끄덕했다.

그날 저녁, 저녁밥을 먹으면서 서울양반댁에서 낮에 있었던 일을 조잘조잘 털어놨다. 할머니는 내 말을 들어가며 한동안 말없이 깻잎장아찌를 찢어 내 밥숟갈 위에 얹기만 했다. 화나셨나?

　　"왜요, 할머니?"

　　한참동안 대답을 안 하시더니,

　　"옛날 생각이 나서 그런다."

　　나지막하게 말씀하셨다.

　　"그게 뭔디유?"

　　할머니는 입을 꾹 다무셨다.

　　그러고 이틀인가 사흘 지난 뒤였다. 그날 호박풀대를 점심으로 먹고 있는데 대문 쪽에서 나지막한 여자애 목소리가 들려왔다. 입에서 수저를 빼고 씹기를 그치면서 귀 기울여 들어보니 묘숙이 목소리였다. 방문을 열었다. 묘숙이가 대문가에 서 있었다. 수저를 든 채 밖으로 나섰다.

　　"왜?"

　　"안녕."

　　"무슨 일여?"

　　"서울할아버지네 안 갈래?"

　　서울양반을 묘숙이는 서울할아버지라는 새로운 호칭으로 말했다.

"왜?"

"글 배워주신대."

"글?"

되물으며 길만이형을 떠올렸다. 그날 '가'자를 몰라 얼마나 자존심 상하고 화가 났었는지, 떠올리니 새롭게 또 약이 올랐다. 글을 가르쳐 준단다. 그러잖아도 할머니한테 배우려던 참이었다. 나는 바보가 아니게 된다. 우리 집 대들보며 사내대장부다워진다!

"빨리 가자구" 묘숙이가 다그쳤다.

"알었어."

나는 먹던 숟갈을 놓고 벌떡 일어섰다. 할머니가 내 팔을 잡으셨다.

"밥 먹고 가야지."

"다 먹었어 할머니."

"서너 숟갈만 먹으면 될 것인 게 먼저 가있어."

할머니가 묘숙이에게 말했다.

"알았어요 할머니."

묘숙이 대꾸했다.

나를 주저앉혀 수저를 들게 해놓으신 할머니는 대뜸 뒤꼍 광으로 가셨다. 그러고는 호박풀대를 다 먹고 수저를 놓을 즈음, 달걀 한 꾸러미를 들고 들어오셨다.

"가는 길에 이것 갖다 드려라."

"뭐하게요?"

"스승은 아버지 지차인겨."

"지차가 뭐유?"

"같다는 말이지. 공부를 가르치는 선생님은 내 아버지와 같다는 뜻인겨."

"아버지?"

할머니께서 움찔하셨다. 나는 할머니의 속을 훤히 알고 있었다. 그래서 재빨리 능쳤다.

"할머니랑 같다는 뜻도 되쥬?"

"영민하긴……."

할머니는 나를 빤히 바라보셨는데 그 눈빛은 나를 지극히 사랑한다는 뜻이 넘쳐났다.

"알었슈."

할머니는 찬물로 입안을 올각거려 부시게 한 후 바지 괴리를 탄탄히 매주셨다. 그러고는 옷에 실밥이며 밥풀 따위 묻은 것들을 모두 털어주시고는 신발까지 반듯하게 놓아 신기 편하게 해주셨다. 내가 대문을 막 나서는데, 할머니의 목소리가 들렸다.

"이것도 가져가야 하는디."

돌아보니 할머니는 까만 주머니에 든 것을 흔들어 보이시며 마루를 막 내려오고 계셨다.

"뭐유 할머니?"

"벼루하고 먹, 붓이여. 느이 할아버지, 느이 아버지까지 쓰시
던 거."

"무거운다……."

하고 투정하려 하자 할머니는 나를 똑바로 쏘아보셨다. 그
눈매가 다른 때와 달리 서늘했다. 무서웠다.

"넌 이 집의?" 하고 할머니께서 물으셨다.

"대들보요."

"그러니께?"

"……알었슈."

나는 별수없이 검은 주머니를 받아들었다. 생각보다 더 무거
웠다. 너무 무거워 땅에 떨어뜨릴 뻔했다.

할머니는 계란을 들고 서울할아버지네 대문 앞까지 따라오
셨다. 벼루가 더 무거운데. 대문에 들어서자 안경아주머니가
달려와 계란을 받았다.

"어머나, 이런 걸 가져오시느라!"

묘숙이는 이미 사랑방에 앉아 있었다. 묘숙이 말고도 형, 누
나뻘 되는 사람들도 미리 와 있었다. 둘은 국민학교에 다니는
동네 형과 누나였고, 나머지 두 사람은 국민학교 졸업한 후 집

에서 농사를 짓는 열일곱 살이든가 열여덟 살 정도의 형이었다. 그 형들은 이미 어른이나 다름없어서 목소리도 굵고 덩치가 어른들과 맞먹었다.

내가 들어서자 서울양반이 물었다.

"넌 아직 한글도 못 깨우쳤지?"

"한글요? 그게 뭐디유?"

할아버지는 내가 한글 뜻도 잘 모르고 있는 것에 당황하는 듯했다. 늦게야 길만이형을 떠올렸다. 아하, 그걸 한글이라고 하는구나. 나는 즉시 말을 바꾸었다.

"저 알아요. 한글 알아요."

그러고는 길만이형 때문에 알게 된 유일한 한글, '가'자를 허공에 써 보이며 자랑스럽게 말했다.

"'가'자 이렇게 쓰는 거요?"

"어이구, 한글 다 아는구먼."

할아버지가 웃으며 말했다.

묘숙이가 무슨 말을 하려다 째려보는 내 얼굴을 보고 입을 다물었다. 실제로는 '가'자밖에 모르고 있어 그게 은근히 걱정은 되었다. 하지만 안심도 되었다. 옆에 묘숙이가 있는 한 잘될 거라는 생각이었다. 묘숙이가 한글을 알고 있으면 가르쳐 달라면 되었다. 어쩌면 묘숙이는 '가'자도 모를 수 있었다. 학교를 안 다녔으니까.

서울양반은 내 앞에 신문지를 놓고는 붓을 들어 먹물을 듬
뿍 찍어 내게 내밀며,

"한번 써 볼래?"

물으셨다. 나는 그제야 생각이 나서 할머니가 준 베주머니
를 내놓았다. 할아버지가 벼루와 먹과 붓을 꺼내 놓고는 붓을
들어 요리조리 살폈다. 이번에는 붓을 놓고 벼루를 살폈다. 그
제야 나는 벼루 양쪽 모서리에 무슨 그림이 새겨져 있는 것을
보았다. 언젠가 보았던 용 모양의 조각이었다. 서울양반이 혼
잣말로 중얼거렸다.

"참 욕심냈던 그 벼루구먼. 그리도 당당하고 꿋꿋하던 분이
셨는데……"

나는 이미 할머니한테 들은 이야기가 있어 서울양반의 속마
음을 어느 정도 짐작할 수 있었다.

서울양반은 바로 내 증조할아버지에게서 한문을 배우고, 신
식학문을 배우러 서울로 떠났었다. 그리고 일본에 유학도 했
었다. 사실 서울양반의 집이 바로 우리 할아버지의 집이었다
는 것도 며칠 전 알게 되었다. 작은할아버지가 바람을 피워 근
동에 많은 재산을 다 팔아먹고 빚까지 지고 도망가는 바람에
할아버지는 가산을 팔아야 했고, 집도 지금의 집으로 나앉게
되었다고 했다.

서울양반은 벼루를 놓고 물을 부은 후 먹을 쥐어주며 먹

가는 법부터 가르쳤다. 그만하라 할 때까지 계속 먹을 갈라 이르고는 형과 누나들에게 뭐라뭐라 이른 후 집으로 보냈다. 묘숙이와 나만 남게 되었다.

"너는 글씨를 읽을 줄 안다구?"

서울양반이 묘숙이에게 물었다.

"예, 쓸 줄도 알아요."

"그럼 써 볼래? 이름부터."

서울양반이 붓을 넘겨주려 했다.

"연필로만 써 봤어요."

"그렇구나. 그럼 여기 귀동이하고 같이 붓 잡는 방법부터 배우자."

서울양반은 묘숙이와 나를 나란히 앉게 했다. 읽는 것은 말할 것도 없고 쓸 줄도 안다는 묘숙이의 말에 나는 이미 기가 죽었다. 그런데다 붓을 들어 쓰기 시작하면 '가'자밖에 모르는 게 들통날 텐데, 그 무안함과 수치심을 어떻게 이겨낼까 걱정을 했다. 그러던 중 묘숙이와 붓 잡는 법부터 가르친다는 것을 알고 마음이 한결 놓였다.

바른손 엄지와 검지, 중지, 세 손가락으로 붓대를 잡고 팔꿈치를 드는 연습부터 했다. 묘숙이는 '기역니은디귿', '아야어여'를 대번에 쓰게 하고는 이어 이름을 쓰게 했다. 묘숙이는 신문지에 커다랗게 '이묘숙'이라고 썼다.

"음, 할아버지 뺨치게 잘 썼다."

서울양반은 물론 서울할아버지라는 말까지도 별로 새롭게 들리지 않았는데, 막상 할아버지라는 말을 들으니까 좀 이상하게 들렸다. 서울양반은 마치 내 속마음을 고스란히 읽기라도 한 듯 나와 묘숙이를 번갈아 보면서 말했다.

"앞으로는 서울양반이니 서울할아버지라고 하지 말고 그냥 할아버지라고 해라. 알았냐?"

"할아버지."

부르고 나서 묘숙이는 씩 웃었다.

"오냐."

할아버지는 나를 바라보셨다. 나는 할아버지 소리가 나오지 않았다. 서울양반은 내 마음속에 들어갔다 나왔다는 듯이 미소 짓고는 말씀하셨다.

"나는 손주가 없어 적적했는데, 느이들이 내 손주 역할을 하는 게야."

손주라는 말뜻이 확실하게 와 닿지는 않았지만 아무튼 우리 같은 아이가 없으니까 우리를 서울양반의 어린 식구라고 생각한다는 뜻은 충분히 건네받을 수 있었다.

"귀동이 너는 더구나 할아버지가 안 계시잖냐?"

그때 내가 왜 그랬는가? 그런 말을 해서는 안 된다는 것을 알면서도 내 뱃속 저쪽에 웅크리고 있던 악마가 내 생각하고 다른 말을 내뱉게 했다.

"그럼, 서울할아버지가 우리 할머니랑 연애해요?"

할아버지의 얼굴이 갑자기 굳어지더니, 이내 웃음기로 활짝
피어났다.

"예끼 녀석아! 아무려면 느이 할머니랑 연애하겠니?"

묘숙이가 깔깔대고 웃었다. 나도 뒤따라 웃었다.

그렇게 된 김에 나는 그동안 궁금했던 것을 여쭈었다.

"할아버지는 왜 눈이 노래요?"

내 물음에 할아버지는 움찔했다. 묘숙이가 내 허벅지를 슬
쩍 꼬집었다. 할아버지는 시선을 문 쪽으로 향했다가 다시 내
쪽으로 돌리며 나지막하게 말씀하셨다.

"간이 안 좋아서 그렇단다."

"간이 안 좋으면 눈이 노란 거여유?"

"황달이라는 병이야. 좀 심했다가 어떤 땐 괜찮고, 그런 거지
뭐. 자, 다른 얘기하자."

그날 뒤로는 서울양반이라거나 서울할아버지라고 하지 않
고 그냥 할아버지라고 불렀다. 서당 윗사람들은 할아버지를
선생님이라 했고 저희들끼리 말할 때는 스승님이라고도 했다.
어떤 땐 송암선생님이라고도 했는데, 그 말을 들을 때마다 나
는 도랑에서 자주 볼 수 있는 송사리와 들판에서 뛰어다니는

송아지를 떠올리며 고개를 갸우뚱하곤 했다. 앞에 붙은 '송암'이라는 것이 호라는 것은 나중에야 알았다.

가자에다 ㄱ하면 각하고,
나자에다 ㄱ하면 낙하고,
다자에다 ㄱ하면 닥하고.

할아버지의 한글 습득 방법은 그런 식이었다. 그런 과정을 닷새 정도 이어가자 나는 지루해졌다. 엿새째 되는 날 할아버지가 밖에 나가고 없는 사이 묘숙에게 말을 걸었다.

"내 이름 좀 써줘."

그제껏 묘숙이는 나의 성을 모르고 있었던 듯 성부터 물었다. 김가라는 말을 듣자마자 내 이름을 붓으로 신문지에 크게 써 주었다.

'김귀동'

그러고는 키들키들 웃으며 말했다.

"김밥 먹는 귀신 동무? 웃기지 않냐?"

묘숙이는 계속 그 말을 되풀이하여 내가 화내길 바라는 것 같았다. 그러나 천만에! 미안하지만 귀동이는 아명이고, 내 이름은 따로 있지 않은가. 그런데다 내 아명이 그렇게 화려하게 변신할 수 있다는 것에 감격했다.

"야, 내 이름이 김밥 먹는 귀신 동무여? 야, 증말 조오타!"

그때쯤 할아버지가 들어오지 않았다면 나는 더욱 기고만장하여 외쳐댔을 것이었다.

그날까지도 할아버지는 묘숙이에게 붓으로 한글 쓰는 방법을 가르쳐 주셨다. 나는 나대로 여전히 '가자에 기역하면 각하고, 자자에 기역하면 작하고……'를 뇌이며 붓으로 그려내고 있었다. 그런데, 묘숙이에게서 내 이름 쓰는 방법을 알자마자 나의 머릿속에 반짝하며 비쳐지는 게 있었다.

기에다 ㅁ하면 김이고,

구에다 ㅣ하면 귀이고,

도에다 ㅇ하면 동이다.

그러면 이에다 ㄴ하면 인하고,

묘에다 ㄴ하면 묜하고,

숙에서 ㄱ빼고 ㄴ자 넣으면 순하고.

"그럼 인묜순? 웃기네?"

인묜순이라 써 놓고 키들대며 웃자 할아버지가 꿀밤을 꽁주셨다.

"공부하는 거야 노는 거야 녀석아?"

그리고 나서 내가 쓴 글씨를 눈여겨 보시더니 읽어보라 하

105

셨다.

"인뫈순."

내가 읽자 이번에는 ㄹ자를 붙여 써 놓고 읽으라 하셨다.

"일, 뫌, 술."

할아버지는 놀랍다는 듯 내 머리를 쓰다듬고는 말씀하셨다.

"할아버지, 써 봐."

나는 하에다 ㄹ하고 아, 버, 지, 넉 자를 써 보였다. 내가 해 놓고도 신기했다. 금세 한글 모두가 다 깨우쳐져 있었다.

그때부터 나는 한글이 있는 것은 모두 중얼대며 읽기 시작했다. 할아버지는 내 실력을 인정해 주시고, 이튿날부터 명심보감 공부에 들어갔다. 묘숙이에게는 한자에 토씨만 있는 책으로 가르치셨고, 나는 일일이 한자 옆에 훈을 단 명심보감으로 가르치셨다.

명심보감은 첫줄부터 나를 웃게 만들었고, 할아버지로부터 손바닥을 맞게 했다.

자왈(子曰) 위선자(爲善者)는 천보지위복(天報之以福)하고 위불선자(爲不善者)는 천보지위화(天報之爲禍)니라.

알려주시는 대로 그 글귀를 외긴 했지만, '천보지위복'에 욕

말이 들어간 것 같아서 그 대목이 나올 때마다 웃었다. 그때마다 서울할아버지는 꿀밤을 주곤 하셨는데, 그 꿀밤이 그리 아프지 않았고, 또한 그러면서 서울할아버지도 웃는 얼굴이었다. 묘숙이는 묘숙이대로 내가 꿀밤을 맞을 때마다 맞는 모습이 우스웠는지 아니면 그 요상한 말이 이상했는지 저도 키들키들 웃었다.

외는 건 간단했지만 붓으로 한자를 그려낸다는 것은 쉽지 않았다. 팔꿈치를 대고 쓰면 좀 쉬우련만, 서울할아버지는 어떤 일이 있더라도 팔꿈치를 떼고 쓰게 하셨다.

어쨌든 이때부터 나는 동네 가수로 이름이 난데다 여섯 살 꼬마가 한문도 술술 읽고 쓸 줄 안다는 소문이 나돌기 시작했다. 나는 어깨에 힘이 들어갔으며 전부터 우리 집을 두고 '쌍과부집'이니 '홀어미집'이라는 말을 들을 때마다 입술을 깨물며 속앓이를 했던 것에서 어느 정도 풀려날 수 있었다. 나는 우리 가문의 대들보인데다 사내대장부이기 때문에 그런 말에 휘둘려서는 안 되었다.

더구나 나는 읽고 쓸 줄 알지 않는가!

그런데다 어려운 한문도 알고 있다. '천보지위복'은 욕이 아니라 하늘이 복을 준다는 뜻이라는 것을 아는 어른은 우리 동네에서 몇 명이나 될 것인가!

읍내 장터

어쨌든 똥구멍이 실제로 무수히 찢어지는 경험을 하도록 우리는
무엇으로든 배를 채워야 했고,
세계에서 두 번째로 가난한 나라에서 목숨을 유지하려면
그쯤의 모험은 감수해야 하는 세월을 건너왔다.

어른들이 말하는 보릿고개일지라도 들판에는 우리가 먹을
게 제법 널려 있었다. 대파에 새알을 깨어 넣어 그것을 구워먹
기도 했고, 삘기도 뽑아먹고, 찔레순을 꺾어먹기도 했다. 논바
닥에 그려져 있는 구멍을 마구 헤집고 다니다 보면 우렁이를
잡을 수도 있었다. 그것을 가져가면 할머니는 밥을 짓고 나서
아궁이 속에 있는 잔불에 그것을 구워 주셨다. 재수가 좋으면

알이 꽉 찬 우렁이를 먹을 수가 있는데, 사그락 오도도독 혀 깨물기 십상이었다.

더 큰 형들은 개구리를 잡아 허벅지만 잘라 구워먹기도 했다. 작년까지만 해도 나는 엄니 때문에 할머니가 개구리를 잡아오면 그것을 얻어먹을 수 있었다. 그러나 이후에는 엄니가 안 계셨으므로 개구리 다리를 더 먹어보지 못했다.

어른들은 걸핏하면 당시의 가난을 두고 '똥구멍이 찢어질래도 엉치 걸려 안 찢어졌다'라는 표현을 쓰곤 했다. 동네에서 영민하기로 소문난 나였지만 그 말을 이해하는 데는 세월이 꽤 필요했다. 그 쉬운 속담의 뜻을 빨리 깨우치지 못했다니!

봄에는 쑥이며 냉이, 달래, 씀바귀, 취나물, 머위, 원추리, 돌미나리 등이 있고 여름에는 비름이며 우엉, 모시대, 머위 등의 나물이 있다. 그리고 가을에는 도라지, 고사리, 고구마순부터 토란줄기, 가지 등이 있고 겨울에는 느타리, 무나물, 고사리, 시래기, 취나물, 호박고지와 무말랭이 등등 반찬으로 먹는 것 대부분은 나물들이었다. 그런 것들만 먹다 보면 배는 맹꽁이배로 빵빵하게 튀어나왔고, 기름기 없이 딱딱해진 섬유질 덩어리를 배출하려고 젖 먹던 힘까지 동원하여 용을 쓰다 보면 '똥구멍이 찢어질 수밖에' 없었다. 다만 나 같은 경우는 놋쇠젓가락을 십분 활용하여 '거시기'를 기술적이고도 수월하게 배출할 수 있게끔 만들어 주신 할머니가 계셔 불행 중 다행히

'똥구멍이 찢어지는' 경험은 하지 못했다.

그날 아침, 일어나서 보니 할머니께서 아침상을 차려놓고 한쪽에서 노란 양은도시락에 밥과 반찬을 싸고 계셨다.

"오늘 원족(소풍) 가요, 할머니?"

할머니는 고개만 끄덕이고는 하던 일을 계속했다. 이윽고 보리밥과 장아찌를 싼 도시락을 보자기로 묶었다.

"어디로요?"

"밥 먹고 나면 알려주마."

"야, 신난다!"

내 머릿속에는 작년 봄에 동네 사람들을 따라갔던 원족의 모습들이 마구 그려졌다. 동네 사람들 중 장정들은 지게에 솥단지나 먹을 것이 든 나무상자, 깔고 앉을 돗자리, 멍석은 물론 이것저것 담긴 보따리들을 지고 나란히 걸었다. 아낙네들은 아이를 들쳐 업거나 손을 잡고 걷기도 했다. 아이들은 아이들대로 이리 닫고 저리 뛰며 동네 어른들 사타구니 사이를 맴돌다가 혼구멍이 나곤 했다. 오르막길에서는 할머니에게 업히기도 했지만, 대체로 할머니의 손을 잡고 걸었다. 엄니는 그곳에 가지 않고 집에 계셨다.

마침내 동네 원족꾼들은 쥐산 밑에 닿았다. 그곳은 산골물이 흐르는 골짜기였다. 그곳에 있는 큰 바위들은 각기 자기 나름의 이름을 갖고 있었다. 멍석바위, 치마바위, 흔들바위, 촐싹바위 등등. 멍석바위와 치마바위는 평평하게 아주 넓었는데, 동네 사람들은 그곳에 차양을 치고 밑에 멍석이나 자리를 깔았다. 노인들이나 별로 하릴없는 사람들은 앉아서 이야기를 나누며 쉬었다. 나머지, 어떤 어른은 산에서 나무를 해오고, 어떤 어른은 돌을 주워 와 화덕을 만들고 솥을 걸었다. 또 어떤 아낙은 쌀을 씻고, 어떤 아낙은 반찬을 만들고 고기를 자르고, 어떤 아낙은 국거리를 만들었다. 나는 동네 형들 뒤따라 가재 잡는 것을 구경하였다. 가재를 잡았을 때마다 형들은 소리쳤다.

"잡았다! 암놈여 암놈!"

그러던 형들이 갑자기 소리쳤다.

"와, 가재 엄청 많다!"

한 마리라도 더 잡으려고 기를 쓰더니, 갑자기 우! 소리치며 그러길 멈췄다. 가까이 가보니 뱀이 죽어 있었다. 거기에는 가재들이 열 마리도 넘게 들러붙어 있었다. 어떤 형은 가재를 버리고 어떤 형은 버리지 않고 그대로 그릇에 섞어 넣었다.

마침내 밥 냄새, 돼지고기 굽는 냄새, 김치찌개 냄새가 산기슭에 고여 들었다. 이어 나무판자로 된 막걸리통에서 막걸리 쏟아지는 소리가 쿨럭쿨럭 나는 것을 시작으로 먹고 마시는 잔치가 벌어졌다. 갈수록 목소리가 높아지고, 떠들썩했다. 나는 이때쯤 속으로 준비를 하고 있었다. 동네 어른들이 모이는 곳이면 으레 있기 마련인 그 일을 해내려면 긴장을 하면서 속으로 생각해둬야 할 일이 많았다. 아니나 다를까, 마침내 한 어른이 나를 가리키며 큰 소리로 말했다.

"쌍과붓집 손자 김귀동 카수가 지금부터 노래를 하겠습니다. 다같이 박수!"

나는 그럴 줄 알았으므로 불끈 일어섰다. 하지만 잠깐 멈춰야 했다.

"같은 값이면 다른 말로 하면 안 되야? 느이 엄니는 과부 아니었냐?"

할머니가 냅다 소리치셨다. 조용했다.

"잘못했슈."

쌍과부 어쩌고 했던 어른이 말했다. 그러고는 큰 소리로 이어 말했다.

"자, 귀동아, 앞으로 나가야지. 여러분 바악수!"

짝짝짝.

나는 멍석바위 끄트머리와 산으로 오르는 오솔길 사이에 있는 돌멩이 위에 섰다. 그리고 노래를 시작했다.

오느을도 걷는다아 마는 정처없는 이 바알길
지이나온 자죽마아다 눈무울 고여였네
…….

노래가 끝나자 박수소리가 산기슭을 흔들었다.

"귀동이 애앵코올!"

구장아저씨가 내 손에 십 환짜리 한 장을 쥐어주었다. 할머니가 받지 말라고 했지만, 동네 어른들이 그러는 게 아니라고 하는 바람에 할머니는 더 이상 말씀하지 않았다. 나는 그 돈을 재빨리 호주머니에 넣었다. 앵콜송을 불렀다.

이 가양산 낙화 유우수 흐르는 곳에
새애파란 자안디 위에 지는 맹세냐.

"귀동이 앵콜!"

어른들이 또 박수를 쳐댔다.

그 뒤로 동네 청년들이 나와서 노래를 했다. '전우의 시체를 넘고 넘어 앞으로 앞으로', 군가도 했다. 내가 아는 유행가를 부르는 청년도 있었다. 더 나이 먹은 어른들도 노래를 했다. 〈도라지타령〉, 〈노들강변〉, 〈창부타령〉, 〈천안삼거리〉, 그런 노래들이었다. 덩실 더덩실 춤도 추었다.

그때를 회상하며 나는 할머니와 원족을 가는 일에 신명이 나서 후닥닥 밥을 물에 말아서 물마시듯 삼켜버렸다. 옷을 갈아입으려고 횃대로 가는데, 할머니께서 몸뻬로 갈아입으시며 말씀하셨다.

"오늘은 나만 친구 서넛하고 같이 갈 거다. 아직 길도 잘 모르고 해놔서."

옷을 갈아입다 말고 할머니를 바라보았다. 할머니는 몸뻬 위에 허름한 검정색 저고리를 입고 머리에 광목수건을 썼다.

"오늘은 밤이 돼야 들어올 거여. 니가 집 좀 잘 봐라 잉?"

"혼자요?"

할머니는 갑자기 나를 꼭 끌어안고는 나직하게 말씀하셨다.

"이 할미가 없을 때 대들보가 할 일은 뭣뭣이 있을까?"

그때 내 머릿속에 대뜸 떠오르는 것은 토끼였다. 할머니는 토끼를 퇴깽이라고 부르곤 하여 그것이 이름이 되었다.

"퇴깽이 밥요."

"암, 그렇지. 그리고?"

"닭이 꼬꼬댁거리면 알 낳았나 보구요."

"어이구, 우리 대들보님, 살림까지도 잘 챙기셔."

할머니는 내 엉덩이를 토닥거리고는, "그리고 또?" 물으셨다.

"대문 꼭 잠그고, 거지 오면 나중에 오세요, 그렇게 말하고."

이르고 나서 할머니는 세 번 정도 돌아보면서 골목길을 빠져나가셨다. 그러는 할머니의 뒷모습을 보면서 할머니에게 어떤 변화가 있음을 알 수 있었다. 요즘 할머니는 자주 자주 한

숨을 내쉬며 혼잣말로 중얼거리곤 하셨다.

"이 녀석 밥술이라도 먹이려면 뭔가를 해야 하는디……. 뭔가를 해야만 되는디……."

할머니는 바느질이면 바느질, 동네 농삿일이면 농삿일, 잔칫집 허드렛일까지 못하는 게 없어 그것으로 지금껏 살아왔는데, 지난 겨울에는 벌이가 없었다. 물론 닷마지기의 논과 밭뙈기 조금은 있었지만, 그건 식량을 대줄 뿐 돈은 안 되었다.

엄니가 베를 짜고 이따금 들어오는 한복일을 하여 살림을 꾸려오는 데 큰 힘이 됐지만 이제는 그것을 기대할 수 없었다. 겨우내 하는 일이라곤 가까운 쥐산이나 시루봉에 가서 나무를 해와 그것으로 방을 덥히고, 끼니를 때우는 것이었다. 그렇게 볼 때 할머니는 돈을 버는 어떤 일을 하러 갔음이 틀림없었다. 그런데 왜 큰 자루를 가지고 가셨을까?

갑자기 '나는 대들보다!'라는 외침이 저 안으로부터 크게 들려왔다. 나는 대들보다. 대들보니까 대들보다운 어떤 일을 해내야 한다. 그래야 할머니한테 칭찬을 받고 까치나라 대장이신 아버지가 오시면 내가 그간 해왔던 이야기를 자랑스럽게 꺼낼 수 있지 않은가.

마당으로 나오자마자 싸리비를 들고 마당을 쓸었다. 두엄자리를 닭들이 헤집어 놔 지저분했다. 그것을 동그랗고 예쁘게 모아놨다. 할머니가 한 것보다 더 정갈하고 예쁘게 손으로 일일이 펴날라가며 가지런하게 만들었다. 그러고는 토끼장으로 갔다. 두 귀를 쫑긋 세우고 빨간 눈을 내게 맞췄다.

"배고팠냐?"

토끼가 그랬다는 시늉으로 수염이 팔팔 뛰도록 입을 오물거렸다. 뒤꼍 대나무밭 가장자리에 서 있는 아카시아나무로 가서 나뭇잎을 따다 토끼에게 먹이면서 말을 걸었다.

"넌, 내가 이 집 대들보라는 거 알지?"

토끼는 콧수염을 흔들며 세로로 찢어진 입을 오물오물 내 말이 맞다는 시늉을 했다.

"너, 진짜 대들보가 되려면 뭣부터 해야 하는지 알 수 있어?"

토끼는 빨간 눈을 내게 맞추며 입안에 있는 풀을 씹기에 바빴다.

"첫째, 참아야 해."

토끼는 알아들었다는 시늉으로 고개를 한 번 끄덕했다.

"그리고 또 하나 있는데, 너 알어?"

토끼는 아카시아 잎을 씹으며 내 말을 기다렸다.

"울지 말아야 해. 울면 대들보가 아니여. 알었어?"

배춧잎을 한줌 집어 토끼장 안에 넣어주고 굴뚝 모롱이(모퉁이)를 돌아 마당으로 나왔다. 그곳에는 내 절을 받아먹은 수탉 한 마리와 암탉 세 마리가 마당을 어슬렁거렸다. 내가 왜 수탉과 암탉에게 절을 했냐구? 그럴 만한 까닭이 있었다.

밤에 갑자기 똥이 마려워 할머니를 깨웠다. 할머니는 더듬더듬 성냥을 찾아 등잔불을 켜고 나서 정신을 차리느라 눈을 비비며 머리를 흔들었다.

"할머니, 나와! 지금 나올라고 한다니께!"

엉덩이를 잡고 흔들며 외쳤다. 할머니는 나를 이끌고 바깥 변소로 갔다. 일을 해결하고 나오자마자 할머니는 나를 이끌어 닭집 앞에 세웠다. 내 등을 눌러 절을 하게 하며 그때마다 노래하듯 따라하게 하셨다.

"닭이나 밤똥 싸지 사람도 밤똥 싸냐, 닭이나 밤똥 싸지 사람도 밤똥 싸냐……."

그때는 아랫배가 시원하면서 빨리 자고 싶다는 생각만 들었는데 이튿날 내 생각은 바뀌었다. 그날도 한밤중에 또 아랫도리가 무겁더니 방귀가 자꾸만 나왔다. 그래서 할 수 없이 할머니를 깨웠다.

"우리 집 대들보님이 하찮은 닭한테 또 절을 해야겠네?"

그 말에 나는 부르르 화가 났다. 하지만 대들보는 참아야 했다. 어금니를 꽉 물고 주먹을 불끈 쥐었다. 할머니가 부시럭부시럭 등잔불을 켜려고 성냥을 긋자 내가 후욱, 꺼버렸다. 그러고는 외치듯 말했다.

"그냥 잘래요 할머니! 그냥 잔다니깐요!"

그 뒤로 나는 더 이상 닭들에게 절하지 않았다. 그 닭들이 지금 내가 모이를 줄까봐 눈치를 보며 살금살금 다가왔다. 모이를 줄 기척이 없자 슬금슬금 물러났다. 사실은 할머니가 작년에 주워 모은 보리 이삭을 닭에게 줄 수도 있지만 놈들에게 내가 절을 했다는 게 갑자기 생각이 나 몹시 미워졌다. 그래서 본척만척 했더니 닭들은 금세 내 마음을 읽고 돌아갔다.

대문 밖에서 각설이패들 소리가 들려왔다.
"할머니이, 작년에 왔던 각설이 뒈지지 않고 또 와 버렸네요 잉"하고는 대뜸 각설이타령으로 들어갔다.

어얼씨구 씨구 들어간다아아, 저얼 씨구씨구 들어간다, 작년에 왔던 각설이 뒈지지 않고 또 왔네.
어얼씨구씨구 들어간다…….

며칠 걸러 한 번씩 들을 수 있는 각설이타령이었다. 할머니는 그 각설이타령이 궁상맞고 맘 상하게 한다고 싫어하셨다. 그러나 나는 그 음조가 좋았다. 언젠가 그 곡조를 외웠다가 할머니 앞에서 부른 적이 있었다. 할머니는 버럭 화를 내셨다.
"이 가정의 대들보님이 겨우 각설이가 될 것이여?"
그 뒤로 나 혼자 나지막하게 중얼중얼 흥얼거리기는 할망정 할머니 앞에서는 절대로 각설이타령을 하지 않았다.

나는 각설이타령의 노랫소리가 좋았다. 하지만 그보다 나를 더 반하게 만드는 것은 건들건들, 촐랑촐랑 양재기를 두들기며 춤을 추는 그들의 춤사위였다. 또 할머니가 이제는 시절이 변했으니 가서 무슨 일이라도 하라고 야단을 치면 그들은 능글능글 웃으며 이렇게 말하는 것도 좋았다.

　　"아, 이 풍진 세상에 각설이라도 노래를 해야지 어떤 개아들놈이 뭔 놈의 노래할 계제가 있을 것이우! 안 그렇소 할머니이?"

　　그러고는 더 신명나게 각설이타령을 하곤 하였다.

　　실은 나도 할머니 앞에서만 각설이타령을 안 했을 뿐이지 동네 사람들 앞에서는 아마 백 번도 더 각설이타령을 했으리라. 그때마다 어른들이 웃어쌌고, 때로는 박하사탕을 사주기도 하였는데, 나는 그게 정말 좋았다. 그래서 어른들이 시켰다 하면 나는 서슴지 않고 각설이타령을 불렀다.

　　각설이타령 한 곡조를 다 듣고 나서 비로소 나는 대문 쪽을 향해 말했다.

　　"우리 집 아무도 없는디유."

　　"니가 있잖아 녀석아. 뭐라도 가져오너라."

　　"아저씨가 얻은 거 나눠주면 나도 주지요."

　　"까불래!"

　　나는 이 각설이가 누구인지를 잘 알아서 겁먹지는 않았다. 다른 각설이아저씨는 집에 아이만 있으면 겁을 주어 보리나 쌀

을 한 바가지씩 퍼오게 만들기도 하지만, 지금 각설이아저씨는
그런 사람이 아니었다.

"외상으로 해요."

"헛, 어린 녀석이 별말 다 하는구나."

그러자 다른 각설이가 말했다.

"저 꼬마 녀석 원래 영악하잖아. 가자."

"허허 참!"

"아저씨, 복 많이 받으세요."

내 말에 각설이아저씨가 받았다.

"그려, 너도 많이 받거라 잉."

이제 갔으려니 돌아서는데 좀 전 각설이아저씨의 목소리와
낯익은 목소리가 뒤섞여 들려왔다.

"아니, 성님들. 왜 꼭 우리 뒤만 졸졸 따라다니슈?"

각설이아저씨의 목소리를 낯익은 목소리가 받았다.

"따라다니기는 짜식아, 우리가 빙신이니께 느이들이 앞질러
빨랑빨랑 다녀 그렇지 인마."

"아, 그렇구먼유. 그럼 우리는 여기서 끝내고 저어기 사갑뜰
쪽으로 갈테니께 성님들이 마저 도슈."

"미안하구먼."

"다 먹고 살자고 하는 짓인디유 뭘."

잠시 후 목발을 짚은 아저씨와 손 대신 쇠갈쿠리를 가진 아

저씨가 대문 앞에 와 섰다.

"아주머니, 지들 한 달 만에 왔구먼유."

"기다릴까요, 갈까요?"하고 다른 상이군인이 받았다.

그때 할머니가 했던 말이 떠올랐다. 그날도 상이군인이 목발을 짚고 구걸하러 왔다. 할머니는 종구락에 쌀을 가득 퍼서 상이군인이 내민 자루에 붓고는 말했다.

"그래, 가족은 있수?"

상이군인은 누런 이빨을 드러내며 웃고는 대답했다.

"엄니, 딱 한 분 계시쥬."

"장가는 갔수?"

"가긴 갔는디, 즌쟁 끝내고 외다리로 왔더니만, 어디로 내뺐슈."

할머니는 쯧쯧쯧, 혀끝을 차고는 혼잣말하듯 중얼거렸다.

"그래도 살아서 왔응게 천운인 줄 아슈. 죽어서 구천에서 떠도는 혼령들이 수두룩한 게."

"차라리 죽는 게 낫슈. 이 몸으로 살아서 무슨 영화를 보겠슈?"

"참고 기다리면 좋은 일 있을 거우."

상이군인이 가자 할머니는 또 혼잣말로 중얼거리셨다.

"그래두, 그런 몸뚱이래도 살아서 온 게 얼마나 다행인디……."

그러고는 나를 흘끔 보시다가 갑자기 와락 끌어안으며 말씀하셨다.

"으이구, 우리 대들보님! 그저 근강하고 오래오래 이 가문 좀 잘 지켜주시오."

'지켜주시오' 부분에서 할머니의 목소리가 갈라지고 있었다.

그때를 떠올리며 나는 말했다.

"기다리세요."

"어, 꼬맹이구나. 할머니 어디 가셨냐?"

"예."

대답하고는 부엌에서 할머니가 그날 그랬던 종구락(종다래끼)을 들고 안방 쌀독으로 가서 종구락 하나 가득 쌀을 퍼들고 대문 쪽으로 갔다. 문고리를 따고 쌀이 가득한 종구락을 디밀자 낡은 군복 차림의 상이군인아저씨가 눈을 커다랗게 뜨며 자루를 열지 않았다.

"너무 많다."

"우리 아버지도 전쟁 나갔어요."

"안다. 그러니께 이걸 다 받아서는 안 되지. 느이네도 여유있는 건 아니니께."

그러고는 종구락 반만 자루에 붓고 나머지는 내게 돌려주며 덧붙였다.

"다음에 우리 같은 사람 오면 나머지 주거라."

"알었슈."

"넌 앞으로 커서 큰사람이 될 거다."

"난 우리 집 대들보니께요."

"그렇지 참. 그래, 네가 느이 집 대들보지. 또 나라 대들보가 되기도 할 거다."

서쪽에 있는 헛간 지붕 그림자가 마당을 채우고, 코에서 생솔가지 타는 냄새가 맡아지기 시작했다. 이어 찌개 끓이는 양념 냄새가 솔솔 콧구멍 속으로 파고들었다. 갈치 굽는 냄새도 어디선가 흘러왔다. 희미한 것으로 봐 대여섯 집 떨어진 먼 곳으로부터 나는 냄새이리라.

하루 종일 어딘가로 쏘다니던 닭들이 마당에 들어와 내 눈치를 살폈다. 횃대에 오르기 전 먹을 걸 달라는 시늉이었다. 참새들은 뒤꼍 대나무밭에서 엄청나게 재잘거렸다. 그 소리가 워낙 무거워 대나무들이 활처럼 굽혀졌고, 그 소리들이 방울처럼 데굴데굴 굴러 떨어지는 시늉으로 들려왔다. 배고픔을 견디려고 부엌으로 들어가 물두멍에서 물을 한 바가지 퍼 꿀꺽꿀꺽 들이켰다. 배꼽이 톡 튀어나오면서 한결 배고픔이 덜했다.

밖으로 나오자 때까치와 까치가 자리다툼을 하고 있었다. 때까치들은 작지만 단합이 잘 되어 떼거지로 덤벼들었다. 까치는 덩치는 큰데 제각기 잘난 체하다 결국 제가 차지하려던 은행나무를 버리고 우리 집 감나무로 날아왔다.

"아버지!"

내 입에서 자연스럽게 흘러나온 말이었다. 하지만 내 머릿속에는 목이 길고 눈이 퀭한 엄니가 생긋이 웃는 모습이 그려졌다. 순간 나는 울음이 복받쳤다. 우리 집 대들보는 울지 말아야 한다는 말에 참으려 애썼지만, 이미 터진 울음이었다. 마구 흐느꼈다. 누군가가 내 등에 손을 대고 살며시 흔드는 느낌에 깨어날 그때까지 나는 울다가 마루에 엎어져 잠이 들어 있었다. 나는 그 손길이 누구의 것인지 대뜸 알 수 있었다. 부끄러웠다.

할머니는 다독다독 내 등을 두드려 주고는 부엌으로 가셨다. 그때 내 코에 향긋하면서도 쌉쌀하고, 그런 풋내가 후욱 맡아졌다. 그 냄새가 풍겨오는 쪽을 향해 눈길을 들었다. 저만큼에 커다란 광목자루가 있고, 냄새는 그것으로부터 풍겨왔다. 나물 냄새 같긴 한데, 전에 맡아온 냄새하고는 사뭇 달랐다. 쑥이라든가 냉이, 씀바귀 따위는 향긋하긴 하지만 지금 맡아지는 냄새처럼 진하고 한약 냄새가 섞인, 그런 강한 냄새는 아니었다. 자루로 다가갔다. 자루 속에는 내가 생각했던 대로 나물들이 담겨 있었지만 거칠고 넓적넓적했으며 뿌리도 있었다.

부엌으로부터의 인기척에 고개를 돌렸다. 할머니와 눈길이 마주쳤다. 할머니의 눈 주위는 불그스레했고, 얼굴은 부어 있었다.

"할머니, 나 안 울었어요."

"안다."

"할머니도 안 울었지요?"

"그럼."

그렇게 대답하던 할머니의 두 눈에서 끝내 눈물 두 줄기가 주루룩 흘러내렸다.

실은 내 눈에서 먼저 그랬다.

나물장수

나보다 잘난 녀석 있으면 나와 봐라.
나한테 덤빌 녀석도 다 나와라.
나는 너희 같은 쫌생이들하고 다르다!

그날 밤 할머니는 오포가 불고도 한참이 지나도록 산나물을 다듬었다. 나는 두 번이나 잤다가 깨길 거듭하면서 그리고 계신 할머니를 바라보곤 했다. 마침내 할머니는 옷을 털고 나물들이 담긴 광목보자기 주위의 쓰레기들을 한곳으로 모았다. 그것을 밖에다 버리고 들어와 이번에는 같은 종류의 나물들끼리 조목조목 모은 후 그것들을 짚으로 묶기도 하고 작은

보자기에 따로 싸기도 했다. 뿌리는 뿌리대로 그렇게 했다. 문이 닫혀 있을 때는 코에 익어 몰랐는데, 할머니가 바깥에 나갔다 오시면서 방문이 열렸다 닫히는 동안 방 안 공기가 바뀌자 나물에서 진한 향기가 터져 나와 골머리를 흔들었다. 나는 자리에서 일어났다. 그러고는 빗자루를 들었다.

"어이 자거라. 다 했어 이젠."

"우리 가문 일이니까 대들보도 도와야쥬."

빗자루로 방을 쓸자, 할머니는 자리를 비켜주면서 이윽히 바라보셨다. 그때 등잔불에 반짝하고 할머니의 눈에서 비치는 눈물을 또 보았다.

그리곤 잠이 들어 얼마 되지 않은 듯싶은데, 으슬으슬 추웠다. 눈을 떴다. 등잔불이 마구 흔들렸다. 할머니가 방문 밖으로 나가고 계셨다. 바람처럼. 이미 광목자루는 윗목에서 사라져 있었다. 나가셨던 할머니는 잠시 후 상을 들고 들어오셨다.

"어이, 더 자거라."

"벌써 밥 먹을라구요?"

"아니, 차려놓고 가려구."

"어디유?"

"이따 말하마."

문은 아직 까맸다. 하긴 닭 울음소리도 듣지 못한 것 같았다. 꼭두새벽임이 틀림없었다. 그것을 증명하려는 듯 새벽 4시,

통행금지를 푸는 오포가 울었다. 윗목에 밥상을 놓고 할머니는 내 앞에 앉으셨다.

"오늘 읍내에 나가 산나물을 팔아올 것이여. 어제처럼 집 잘 지키면서 기둘려. 알았지?"

나는 그 말이 빨리 와 닿지 않아 한참 동안 어리둥절해 있었다. 산나물을 팔아와?

"배고프면 여기에 상 차려 놨으께 혼자 먹어라 잉?"

순간 어제 저녁에 먹구름처럼 몰려왔던 슬픔이 다시 나를 덮치는 환상을 맛보았다.

"싫어요!"

나는 외쳤다.

할머니의 주름진 눈에서 주름이 없어지고 휑 열렸다.

"왜?"

"할머니랑 같이 갈래요!"

"이건 네가 갈 일이 아녀."

"슬퍼서 싫어요! 혼자 있으면 눈물주머니가 터져서 자꾸 슬퍼요!"

할머니는 잠시 천장을 올려다보며 생각에 잠기더니 내 눈을 바라보며 말씀하셨다.

"우리 가문 흉될 일은 안 하는 거지?"

"암만요."

"암만이라는 말은 어른이 애들한테 하는 거여. 당연하지요,
해봐."

"당연하지요."

"밥부터 먹자."

새벽밥이라서 까끌하니 잘 넘어가지 않았다. 할머니가 먼저
물에 밥을 말아 후루룩 잡수셨다. 나도 뒤따라 물 말아 깨작
깨작 삼켰다. 먹자마자 할머니가 말씀하셨다.

"옷 입자."

할머니는 새벽 추위에 감기 들기 십상이라며 솜누비 겨울옷
을 꺼내 겉에 입히셨다.

밖은 아직 캄캄했다. 새벽바람이 달려와 뺨을 아리게 할퀴
고 도망쳤다. 할머니는 마루 끝에 걸터앉은 후 나물자루를 등
에 짊어지고 끙, 소리를 내며 허리를 세우셨다.

고샅을 나왔는데, 뒤에서 두세두세거리는 소리가 들렸다.
돌아보던 나는 흠칫 놀랐다. 묘숙이와 구장이 뒤따라오고 있
었다. 할머니도 뒤돌아보자 구장이 인사했다.

"꼭두새벽에 어디 가신대유?"

"시장에 가는디, 얘 데리고 어디 가시유?"

"서울 가려고요. 얘 엄니가 보자구 해서."

묘숙이가 재빨리 앞서 와 내 손을 잡았다.

"시장에, 왜?"

"산나물 팔러."

나는 좀 부끄러웠다. 양볼이 따끈해짐을 느꼈다.

"그래, 많이 팔게 할머니 도와드려."

"누나는 엄니 보러 가?"

"응. 어쩌면……"까지 말하던 묘숙이는 뒤따라오는 구장아저씨를 흘긋 뒤돌아보고는 말머리를 돌렸다.

"할아버지께 미처 말씀 못 드렸으니까 네가 말씀드려."

"응."

"공부 잘 하구."

"언제쯤 와?"

"아직 몰라. 며칠 있을 거야."

읍내에 들어섰다. 역전으로 가는 길과 시장으로 향하는 삼거리에 닿자 묘숙이가 내 손을 꼬옥 쥐고는 말했다.

"갔다 올게."

"응."

"많이 팔아."

"알었어."

묘숙이가 역전 쪽으로 돌아서자 그제야 생각했던 말을 떠올려 조금 큰 소리로 말했다.

"누나, 꼭 와야 혀."

묘숙이는 손을 들어 흔들어 보였다.

그 사이 해가 떠오르고 있었다. 왜 그랬을까? 나는 언제부터인가 크면 묘숙이에게 장가가서 같이 살 것이라 생각했다. 늘 그렇게 생각했다. 그런데 역으로 향하는 묘숙이의 등을 보면서 내 생각이 잘못된 것 같았다. 언젠가는 묘숙이와 헤어지고, 영원히 못 볼 것 같았다. '미국으로 갈 거여, 미국으로' 그런 생각이 언뜻 들자 등허리가 오싹하며 떨렸다.

"춥냐?"

할머니가 물으셨다.

"아뉴."

"왜 그렇게 웅크려?"

"그냥요."

마침내 장터에 들어섰다. 새벽 장터는 면사무소 옆길이었다. 벌써 할머니, 아주머니들이 채소며 곡식, 약재, 과일 등을 가지고 와 길 옆에 나란히 펼쳐놓고 있었다.

"그냥은 안 팔래요. 갖다 돼지는 줄망정."

"보는 건 돈 안 받아유. 일단 보시라니께유."

이쪽저쪽 눈치를 보던 할머니는 맨 끄트머리, 기와가 올려진 흙담 밑에 나물보따리를 펼쳤다. 그러자 빼빼 마르고 얼굴이 주름투성이인 노파가 커다란 대문 이빨을 아랫뜸 재식이네 개

워리처럼 으르렁 드러내며 할머니에게 화를 냈다.

"지금 여기가 어디라고 허락도 없이 궁둥이를 내리는 거여 시방?"

할머니는 짐을 풀다 말고 어이없다는 표정으로 쭈그렁노파를 바라봤다.

"나이 먹었으면 소견빡머리가 있다든지, 눈치라도 있어야 할 거 아녀."

"뭔 말을 하는 거우?" 할머니가 물었다.

"뭔 말은 무슨 놈의 뭔 말? 여기는 아무나 물건 펴놓고 장사하는 곳이 아니라는 말이여."

"그럼, 당신네는 괜찮구?"

"당연하지."

"허가를 냈다는 말이우?"

"우리야 당연히 냈지."

"어디서 냈수?"

우물쩍거리던 쭈그렁노파는 금방 멱살이라도 잡을 듯이 삿대질을 하며 큰 소리로 떠들었다.

"이게 어따 대고 시비여? 나이 먹어서 한번 당해볼겨?"

그러고는 할머니의 멱살을 잡아 뒤로 밀었다. 할머니는 가까스로 담벼락에 몸을 기대고 버텼다. 순간 나는 속으로 외쳤다. 나는 사내대장부다!

애초에는 그러려고 그런 것이 아니었다. 쭈그렁노파의 다리를 잡고 밀치려는 생각이었는데, 어떡하다 치마 속으로 들어가고 말았다. 잘됐다는 생각을 하며 노파의 허벅지를 물어뜯었다. 힘껏, 아주 힘껏 물어뜯었다.

"아이구머니나!"

치마 밖으로부터 비명소리가 들려왔다. 내 머리에 쥐어박는 주먹힘이 느껴졌다. 치마 속에 있어 아프지 않았다. 나는 주먹을 피해 왼쪽 허벅지 쪽으로 몸을 옮기고 또 한 번 물어뜯었다. 아주 고약한 냄새, 지린내와 구린내가 역겨웠다. 그 뒤로는 주먹질을 피해 치마 속에서 앞뒤로 뺑뺑 돌았다. 얼굴은 쭈그러졌는데, 허벅지살은 팽팽하고 참 미끄러웠다. 엉덩이는 왜 그렇게도 큰지.

"이, 이, 미친놈의 새끼!"

쭈구렁노파가 연신 외치며 주먹질을 해댔다.

"저것 좀 봐 저거!"

"와!"

"하하하하!"

여인네들의 왁자지껄 떠들며 웃는 소리가 양철지붕 위에 소나기 떨어지는 소리처럼 들려왔다. 누군가에게 내 발목이 잡혀 치마 밖으로 끌려나왔다. 그게 아닐 수도 있었다. 쭈그렁노파가 주저앉았고, 나도 같이 쓰러지면서 밖으로 끌려나온 것 같기도 했다. 쭈그렁노파가 주저앉은 자세로 내 윗도리 앞섶을 잡았다. 나는 떼그르 뒹굴어 쭈그렁노파로부터 떨어졌다. 그러면서 방앗간 윤주사가 언젠가 군청 사람들과 다툴 때 봤던 그 멋진 폼을 그려냈다. 그게 그렇게 멋있어 보여 나 혼자 있을 때 체경을 앞에 놓고 몇 번 연습했는데, 그때 그 폼이 그대로 살아났다. 나는 양허리에 손을 척하니 얹고 주저앉은 쭈그렁노파 앞에 섰다. 그러고는 윤주사처럼 말했다.

"난 김씨 가문의 대들보여. 할머니가 뭔디 우리 할머니를 때려? 그런 쌍놈의 짓을 아무 데나 해서 살아남길 바라는겨, 시방?"

"저 꼬맹이 하는 소리 좀 봐."

"얼레, 쥐붕알만한 게 보통 아니네."

"내 나이 오십에 저렇게 당돌한 꼬맹이는 첨 보네."

여기저기서 그런 소리가 들려왔다.

나는 더욱 기세가 올랐다.

"같이 먹고 살자고 하는 짓인디, 사람의 탈을 쓰고 이러면 못 쓰는겨. 암 못 쓰고 말구!"

이번에는 웅성거리던 골목이 조용해졌다. 그제야 나는 경찰아저씨를 보면서 움찔했다. 경찰아저씨는 골목 입구에 서서 내내 지켜본 듯했다.

경찰아저씨가 내게 다가왔다. 가슴이 두근거렸다. 보나마나 지서에 끌려가 뒈지게 맞고 감옥으로 가겠지. 그럼 우리 할머니는 어떻게 하구? 우리 집 가문은 어떻게 하구? 엄니는? 여러 생각들이 지나갔다.

하지만 나는 대장부다. 나는 꼿꼿하게 서서 다가오는 경찰 아저씨를 지켜봤다. 그런데, 경찰아저씨는 나와 눈이 마주치자 씨익 웃어 보이는 게 아닌가. 그러고는 할머니에게 다가갔다. 할머니는 쪼그려 앉아 있다가 비로소 일어섰다. 경찰아저씨가 잠시 할머니를 이윽히 바라보고는 말했다.

"혹시 아드님이 전쟁 전에 면사무소에서 근무하지 않았어요?"

할머니는 흘끔 내 눈치를 보시더니,

"여기 잠깐만 있거라, 잉."

이르고는 경찰아저씨를 뒤따르게 하며 왼쪽 담모롱이를 돌아갔다. 옆에 늘어서 있는 아주머니, 노파들을 둘러보았다. 모두 다 못 본 척하고 있었다. 나는 당당해졌다.

"우리 아버지가 누군지 알어유? 국방군 장교였어. 아줌니들하고는 상대도 안 돼유."

말을 하면서 비로소 나는 아버지가 까치나라 대장이라는 말과 아버지가 싸우다 어디로 가셔 소식이 없다는 두 사실이 뒤틀어져 있다는 것을 깨달았다.

얼굴이 둥글넓적하고 코가 납작한 아주머니가 다가와 내 머리를 쓰다듬으며 물었다.

"어디서 그런 어른들 말이 술술 나오냐? 도대체 무슨 말인가 알기나 하고 하는 말이냐?"

뒤에 덧붙인 말이 나를 기분 나쁘게 만들었다. 나는 참을 수 없었다.

"인간의 탈을 썼으면 인간이 하는 말을 알아들어야 하잖아유?"

어른들의 얼굴에 당황하는 기색이 또렷이 드러났다. 그때쯤 할머니가 오셨다. 할머니는 나란히 앉은 줄 끄트머리 그 자리에 좀 전 펴다가 도로 접었던 광목천을 다시 펴 깔았다. 그 위에 자루에 담겼던 나물과 열매, 뿌리들을 무더기무더기 늘어놓았다. 그러고는 바른쪽 무릎을 세운 뒤 그 위에 두 손을 가지런히 올려놓고 그 자세 그대로 산나물이 놓인 곳만 물끄러미 바라보고 계셨다. 다른 어른들처럼 지나가는 사람들에게 손짓도 하고 소리를 질러대야 하는데 그러지 않고 있는 게 갑갑했다. 나는 어른들이 하는 말을 귀 기울여 들었다.

"아줌니, 한 번만 보고 가. 참 싸다니께."

"맛없으면 내가 물려줄겨. 염려 딱 노시라니께."

"아따, 보고만 가면 인정머리 없는 사람이지. 안 그런겨?"

정오 오포가 울었다. 읍내에 나와 가까이서 듣는 오포소리는 엄청 커서 귀가 멍멍했다. 오포소리가 끝났는데도 한참 동안 소리가 계속 울리는 것 같았다. 그러더니 오포소리가 조는 내 밥통을 건드려 일깨우기라도 한 듯 그제부터는 배가 고프기 시작했다. 가져온 것들을 팔고 떠난 사람이 반은 되었다. 어떤 어른은 자리를 봐달라고 부탁한 뒤 시장 안으로 점심을 사먹으러 가기도 했고, 도시락을 싸와 먹는 사람도 있었다. 한 아주머니가 할머니에게 말했다.

"먹을 걸 안 싸왔나 본디, 같이 드시겠수?"

"아니유. 아침을 많이 먹고 와서유."

할머니는 손사래를 쳤다.

"그래두, 저 애는 크는 애라서 뭘 먹여야 할 텐디."

뚱뚱한 아주머니가 내게 눈길을 보내며 말했다.

할머니는 내 의견을 묻듯이 쳐다보셨다. 나는 어떻게 해야 하는지를 알고 있었다.

"대장부는 함부로 동냥해 먹는 게 아닌데유."

그러자 밥숟갈을 든 채 나를 바라보던 어른들은 일제히 말했다.

"아니, 저 꼬맹이, 볼수록 명물이네."

"애늙은이 아녀?"

"어쩜, 저런 애가 다 있디야?"

이럴 때 써먹을 말도 나는 준비해 놓고 있었다.

"뼈대 있는 가문의 대장부는 뭐가 다르지유. 아무러면유."

키들키들 웃던 아낙네들은 입을 꾹 다물었다.

할머니가 잠깐 전을 보라 하시고는 시장 안에 가 보리개떡을 사오셨다. 그것으로 요기를 했다. 참기름을 발라선지 배고 파선지, 향긋하고 쫀득쫀득하고 고소하고, 참 맛나게 먹었다.

해가 하늘 한가운데서 서녘 쪽으로 한 발쯤 기울었을 때는 사람들이 꽤 많이 나와 지나다녔다. 할머니는 두 사람한테 두 무더기의 산나물을 팔았을 뿐이었다. 그때 내 머릿속에 갓 쓴 할아버지의 사진 속 모습이 그려졌다. 할아버지는 내게 이르셨다. 우리 가문의 대들보다운 모습을 보여야 할 거 아니냐. 그래요, 할아버지. 나는 이 가문의 대들보, 대들보구먼요.

서울할아버지의 말도 들렸다. 솔직히 서울할아버지를 만나 그 말을 듣기 전까지는 내가 사내대장부이고 우리 가문의 대들보라는 말은 아주 중요한 사람이라는 것쯤으로 알고 있었다. 따라서 사내대장부는 무엇이고 우리 가문의 중심을 말하는 대들보가 무엇인지 확실하게 이해하고 싶은 마음이 늘 한 구석에 자리하고 있었다. 그래서 서울할아버지께 그런 점을 여쭈었다. 서울할아버지는 눈을 감고 잠시 생각하더니 물으셨다.

"너 수탉 우는 거 봤니?"

"그럼유."

"그럼 새벽에 지붕 위에 올라가 꼬끼요, 하고 우는 것도 봤어?"

나는 잠시 생각했다. 새벽에 본 적은 없었다.

"낮에 우는 것은 봤어요. 지붕 위에서."

"어떻게 울든?"

"모가지를 하늘로 쭉 빼고 꼬끼오, 울고는 대가리를 다리 사이에 박았어요."

"저도 봤어요."

묘숙이가 끼어늘었다.

"정말 웃겼어요. 다 울고 나서는 목이 아프니까 고개를 숙이고 헐떡거리는 것 같았어요."

"잘들 봤구나."

서울할아버지는 흡족해하며 붓을 드셨다. 창호지에 초가집을 그리고 지붕 꼭대기에서 수탉이 목을 쭉 빼고 부리도 크게 벌리고 우는 모습을 그리셨다. 그 건너에는 지금 막 산봉우리에 해가 뜨는 모습이 그려졌다. 서울할아버지는 금세 그리고 나서 수탉을 가리키며 말씀하셨다.

"이게 대장부 기개인겨."

"기개가 뭔데요?" 묘숙이가 물었다.

"용기 있게 으스대는 거."

"잘난 척하는 거요?"

묘숙이가 되물었다.

"그려, 바로 그거. 나보다 잘난 녀석 있으면 나와 봐라. 나한

139

테 덤빌 녀석도 다 나와라. 나는 너희 같은 쫌생이들하고 다르다! 같이 따라 해볼래? 너희 같은 쫌생이들하고 다르다!"

"너희 같은 쫌생이들하고 다르다!"

묘숙이와 나는 힘차게 합창했다.

서울할아버지가 덧붙이셨다.

"그걸 호연지기라고 하는 게야. 따라해봐. 호연지기!"

"호연지기!"

지붕 위에 수탉! 호연지기! 그제야 나는 사내대장부인 내 그림이 머릿속에 확실하게 그려졌다.

그러고 나자 또 한 가지 의문이 꼬리를 물었다. 그래서 내친 김에 여쭈었다.

"그럼 가문의 대들보는 뭐유?"

할아버지는 또 그림을 그리셨다. 지붕만 그려져 있고 대들보는 없었다. 커다란 사람이 그 지붕을 들고 있었다. 그 밑에 치마 입은 두 사람이 앉아 있었는데, 한 사람은 할머니이고, 다른 한 사람은 한복을 입은 아주머니였다. 그런데 지붕을 들고 있는 사람은 빡빡머리에 잠방이를 입고 있는 소년이었다. 그것까지 그리고 나서 서울할아버지는 빗금을 죽죽 그었다. 비가 오는 것으로 보였다. 나는 깨달았다. 지붕을 들고 있는 사람은 바로 나였다. 묘숙이가 내 생각을 말로 만들어 냈다. 지붕을 들고 있는 빡빡머리를 가리키며,

"얘가 귀동이네요?"

서울할아버지는 고개를 끄덕끄덕하셨다. 나도 서울할아버지를 마주보며 고개를 끄덕끄덕했다.

바로 내가 지금 그 모습으로 서 있었다. 바깥에는 비가 오고 있었다. 할머니가 그 지붕 밑에 계셨고, 엄니가 계셨다. 아버지는 까치를 보내 대나무밭에 서 있는 닥나무 위에서 나를 향해 잘한다고, 대장부답다고, 대들보답다고, 그렇게 전하라고 해서 까악깍 울고 있었다. 나는 입을 한 번 다부지게 다물고는 양입술꼬리를 힘껏 입안으로 빨아들였다. 눈을 꼬옥 감은 채 지나가는 손님들을 향해 노래를 불렀다.

배앵마는 가자 울고 날은 저문데
거치른 타향 땅에 고향은 머얼다…….
옥수수 익어가는 가을 달밤에
또다시 고향 생각 엉키는구나…….
배앵마야, 배앵마야, 우지를 마아라.

동네 형들이 부르는 노래를 따라 부르고, 혼자 흥얼대며 새로 익힌 그 노래를 끝까지 불렀다. 눈을 떠보니 지나가던 어른들 몇이 걸음을 세우고 내 노랫소리를 듣고 있었다.

"너 몇 살이냐?"

"여섯 살요."

"여섯 살? 여섯 살이라고 했냐?"

나는 더 이상 대꾸하지 않고 이번에는 눈을 뜨고 노래를 불렀다.

이 풍진 세상을 만났으니

너에 행복은 무엇이냐

부귀와 영화를 누렸으니…….

느려터지게 부르다 그만 가사를 잊어버렸다. 아니, 더 이상 생각이 나지 않았다. 처음부터 다시 불렀다. 그러면서 할머니를 돌아봤다. 할머니는 눈을 꼭 감고 묵묵히 계셨다. 이미 혼날 걸 나는 각오하고 있었다. 두 번째 시도에서도 노래 가사가 생각나지 않았다. 그렇다고 그냥 끝낼 수는 없었다. 왜냐하면 나는 우리 가문의 대들보고 대장부니까. 그래서 소리쳤다.

"아저씨 아줌니, 우리 할머니 나물 좀 팔아주셔요. 할머니가 산에서 뜯어온 거 아주 맛있어유. 정말유."

내 말에 비로소 사람들은 할머니 앞에 놓인 산나물 무더기로 눈길을 보냈다.

"아주 똑똑한 손주를 두셨네요. 요거 한 무더기만 주세요."

"저도 이걸루. 너 크면 유행가 가수 해도 되겠다."

할머니는 달라는 대로 나물을 싸주셨다. 나는 연신 할머니의 표정을 살폈다. 김씨 가문의 대들보이고 대장부인 내가 노래를 부르고 알랑거려 물건을 판다는 게 뭔가 잘못된 것 같다는 생각이 자꾸 들었다.

마침내 나물을 다 팔았다. 아직 물건을 다 팔지 못한 사람들이 옆에서 한마디씩 칭찬을 했다.

"손주 때문에 금세 다 팔았네유."

"저런 손주 딱 하나만 있으면 좋겠네."

"아주머니는 밥 안 먹어두 배부르겠수."

할머니는 들은 숭도 하지 않고 깔았던 광목보자기에 자루 따위를 담아 묶어 들었다. 나한테 따라오라 손짓만 하고는 앞서 걸으셨다. 나도 말없이 할머니 뒤를 졸랑졸랑 뒤따랐다.

"얘, 노래 한마디 더 하고 가면 안 되겠냐?"

"한 곡만 더 해라. 십 환 줄게."

이미 할머니한테 주눅이 들어 아무 일도 할 수 없었다.

시장을 빠져나왔다. 할머니는 시장 뒷길로 가셨다. 한쪽은 읍내고 다른 한켠은 냇물을 끼고 도는 철길이 있었다. 할머니는 철길 건널목에 멈춰 선 후 말씀하셨다.

"너하고 나하고 따져서 잘못한 사람이 있으면 여기서 죽는 것이다. 알겠냐?"

나는 무슨 말인지 확실하게 이해하지는 못했지만, 일단 고개를 끄덕였다. 그때는 뭔가 잘못한 것 같기도 하고, 그렇지 않은 것 같기도 하고, 헷갈렸다.

"너는 대장부 남자고 우리 집 대들보다."

"예."

"당연히 행동도 대장부답고 대들보다워야지?"

"예."

"그런디 시장잡배처럼 그곳에서 노래를 부른 것이 대장부답고 우리집 대들보다웠더냐?"

나는 잘못했다고 생각하지 않았다. 자랑스럽다고 생각했다. 할머니가 팔지 못한 것을 내가 판 거나 다름없지 않은가. 이미 머릿속에서는 지붕 위에 올라서서 꼬끼오, 하늘을 향해 목을 빼고 우는 수탉이 그려지고 있었다. 할아버지께서 그려 보였던 바로 그 수탉이 나였지 않은가. 호연지기! 그렇지 그걸 할아버지가 호연지기라고 했지. 나는 고인 침을 꿀꺽 삼켰다.

"할머니는 호연지기라는 말 아셔유?"

"여기서 호연지기가 왜 나와?"

"그럼 아까, 남들은 다 팔고 집에 가는데, 쬐꼼밖에 못 팔고 있는 걸 그냥 보고만 있는 게 대장부고 우리 집 대들보유 할머니?"

"암만."

할머니도 서슴없이 대답하셨다.

"그러면, 배짱 좋게 노래해서 나물 다 판 건 바보천치고 쫌보요, 할머니?"

나는 이 말이 맞는지 의문이 들었지만, 서울할아버지한테 들었던 '배짱', '쫌보'라는 단어를 써먹었다. 서울할아버지가 '사내대장부는 배짱이 있어야 되는 기야' 하실 때 배짱이란 누군가가 칼로 배를 찢어도 찢을 테면 더 찢으라고 버티는 것이라고 생각했다. 또 쫌보는 바보보다 더 못난 사람을 말하는 것으로 알고 있었다.

내 말에 할머니는 당황하는 기색이 뚜렷했다. 할머니를 이겼다! 내친김에 나는 덧붙였다.

"대장부고 대들보니께 챙피 같은 거 생각 않고 노래할 수 있는 거 아니유? 바보 쫌보라면 그런 일 하겠남유?"

할머니의 입이 헤 벌어졌다. 나는 마구 말했다.

"사내대장부는 호연지기가 있어야 하는 거유. 지붕 위에서 수탉이 꼬끼오, 울 때처럼 사람들 앞에서 기 안 죽고 배짱 좋게 노래 부른 게 호연지기 아닌감유?"

"그건……. 그나저나 니가 호연지기를 어찌 그리……. 암튼."

할머니는 우물쭈물하셨다. 그때 철로에서 뚝뚝 소리가 나고, 신호기가 내려오고 있었다. 할머니는 재빨리 내 손을 잡고 건널목을 건넜다. 기차가 지나갈 때까지 할머니는 내 손을 꼬옥 그러잡고 묵묵히 서 계셨다. 차갑던 할머니 손이 따뜻해졌다. 기차가 지나가자 할머니는 내 손을 더욱 꼬옥 쥐고 건넜던 건널목을 다시 건너 시장 쪽으로 향하며 말씀하셨다.

"우리 대들보님, 배고프시지?"

그날 할머니는 맛있는 장터국수와 순대를 사주셨다.

꼬마 가수

나는 우리 가문 대들보님이 다른 건 몰라도
거짓말은 할 줄 모르는 것을 가장 큰 자랑으로 여겼지요.
이 세상에서 제일 나쁜 것이 거짓말이께.

읍내 장터에서 나는 꼬마 가수로 소문이 났다. 할머니는 뜯
어온 나물을 가져가자마자 바로 다 팔아버리고, 동네 사람
들이 뜯어온 나물까지 팔아주고 구전(口錢)을 챙기셨다.

그날도 앞에 놓인 나물을 반쯤 팔았을 때, 할머니는 변소
에 가려고 옆의 아주머니와 같이 자리에서 일어났다.

"요건 오십 환짜리, 요것두. 요건 백 환짜린데 백 환 달라고

해서 깎자고 하면 팔십 환까지 받아도 되야. 그럼 잘 팔어 놔. 갔다 올게"하고 아주머니가 부탁했다.

"알었슈."

"그려 그려. 여간 똑똑해야지. 으이구 이쁜 똥강아지 같으니라구"라고 하면서 아주머니는 내 엉덩이를 두 번 토닥토닥해 주고 할머니와 같이 그곳을 떠났다.

낯익은 아주머니가 옆의 아주머니 물건에서 백 환짜리 마늘꾸러미를 샀다. 그것 말고도 이것저것 팔아 사백 환이 넘었다. 돈을 받고 판 뒤 자루에서 판 만큼 물건을 집어내 그 자리를 채웠다. 문득 욕심이 생겼다. 주위를 두리번거렸지만 나를 신경 쓰는 사람은 아무도 없었다. 재빨리 백 환짜리 한 장을 바지주머니에 쑤셔 넣었다. 그러면서 속으로 생각했다. 팔아줬으니까 나도 구전을 먹는겨. 할머니처럼.

정오 오포가 불기 전에 우리 산나물은 물론 옆의 아주머니 것도 다 팔았으므로 각자 그곳을 떠났다.

집에 오자마자 할머니는 세숫대야에 물을 떠다 토방에 놓으셨다. 세수를 하려고 윗도리를 벗어 놓았다. 할머니는 내 옷을 들어 냄새를 맡으시고는 빨아야겠다며 혹시 무엇이 들었는가 싶은지 호주머니를 뒤졌다. 아참, 백 환! 그 생각이 나서 윗몸을 일으켰을 때 이미 할머니는 호주머니에서 백 환짜리 돈과 표딱지를 들고 나를 쏘아보고 계신 뒤였다. 할머니의 눈빛이 너무 세어 나는 눈길을 다른 곳으로 피했다. 마침내 할머니가 물으셨다.

"이 돈 어디서 난겨?"

나는 변명할 말을 만들어 내느라 미처 대답하지 못했다. 주웠다고 할까? 그래, 그게 좋겠다.

"어디서 났냐구?"

할머니께서 닦달하셨다.

"주웠어요."

"어디서?"

"아까, 장에서유."

할머니는 더욱 뾰족한 눈빛으로 나를 쏘아보셨다. 무서웠다. 그런 표정은 난생 처음 보았다. 할머니는 내 윗도리를 마루 끝에 접어놓으시고 백 환짜리를 들고 안방 쪽으로 향하며 말씀하셨다.

"발 마저 닦고 들어오시게. 할 말이 있으니."

할머니께서 어른 대하듯이 '오시게'라고 말씀하셨다. 그 말은 이제부터 너는 할머니와 손자의 관계가 아니라 어느 집 할머니와 잘 모르는 어느 집 손자뻘 아이와의 관계로 바뀌었다는 것을 알리는 느낌이어서 등골이 서늘했다. 나는 느릿느릿 발을 닦으며 머릿속으로는 어디서 어떻게 돈을 주웠으며 왜 그 말을 하지 않았는가, 변명할 대답을 구체적으로 만들어 냈다.

방에 들어서자 할머니는 윗목에서 무릎 하나를 세우고, 그 위에 두 손을 얹고 앉아계셨다.

"앉으시게."

턱으로 아랫목을 가리키며 말씀하셨다. 할머니의 눈치를 살피며 아랫목에 앉았다. 앉아서 앞을 보던 나는 움찔 놀랐다. 할머니 옆에는 빨랫줄이 모자랄 때 바지랑대와 기둥에 이어서 매는 밧줄이 놓여 있었다. 할머니는 잠시 시간을 두고 나서 입을 떼셨다.

"나는 우리 가문 대들보님이 다른 건 몰라도 거짓말은 할 줄 모르는 것을 가장 큰 자랑으로 여겼지요. 이 세상에서 제일 나쁜 것이 거짓말이니께."

나는 움찔했다. 구체적으로 생각해 두었던 변명거리가 모두 달아나 머릿속이 하얗게 비었다. 당황했다.

"대들보님께는 외증조부시고 내게는 아버님인 그분께서 해 주셨던 이야기를 우선 들려주리다. 조선 말기 땐데 아주 빠르고 머리 좋은 도둑놈이 있었대요. 아무리 날고뛰는 포졸이라도 어찌나 빠르고 당차고 머리가 좋은지 번번이 그 도둑을 눈으로 보면서도 잡지 못하곤 했답디다. 타고난 도둑이지요."

할머니의 이야기가 계속되었다. 시간이 갈수록 내가 무슨 잘못을 저질렀고, 지금 어떤 처지에 있다는 것을 잊은 채 이야기에 푹 빠져들었다.

"그런데 하루는 그 도둑놈이 도둑질하다 지나가는 순라꾼에게 들켰답니다. 도둑은 날쌔게 옆에 있는 대밭 속으로 도망쳤지요. 순라꾼은 이번에도 놓쳤으려니 하면서 밑져야 본전이라는 생각으로 대밭 안에 들어갔지 않았겠수. 그랬더니 이게 웬일, 그 날쌘 도둑이 주저앉아 있더랍니다."

"다쳤구면유?"

"그렇지요."

"대나무 벤 것, 삐쭉삐쭉 나온 그것에 발바닥을 찔린 거지요? 맞지요?"

"영특도 해라. 바로 그 대나무 등걸에 발장심을 찔려 꼼짝 못하고 있었던 겁니다."

다른 때 같으면 '으이구 우리 대들보님, 머리도 좋으셔'하면서 엉덩이를 토닥거리거나 머리라도 쓰다듬어 주셨을 것이다. 그러나 그날 할머니는 무릎을 세운 채 움직임 하나 없이 똑바로 나를 바라보시며 말씀하셨다. 이야기에 빠져 있다가 싸늘한 분위기가 되살아나 기가 죽은 나는, 할머니의 눈치만 살폈다. 할머니가 침을 꿀꺽 삼키고 나서 말을 이으셨다.

"그러고서 무슨 일이 있었는지 아우?"

"소달구지에 태워갔을 테쥬. 말에 태웠거나."

"젊은 포졸 시켜 그 도둑을 업었답니다. 그런데 도둑은 그 사이를 못 참고 이번에는 저를 업은 포졸 상투에 꽂힌 은동곳을 이빨로 뽑아 물고 있더랍니다. 은동곳은 탐이 나고, 손은 묶였으니까 그랬던 것이지요."

은동곳이 무엇인지는 모르지만 귀한 보물이라는 것은 알수 있었다. 그제쯤 나는 좀 지루했다. 특히 평소의 말투와 다르게 말소리를 낮추고 차근차근 존댓말을 쓰는 할머니의 그 말씀이 그젠 지겨웠다.

"끝이어유?"

"그 후 도둑은 사형을 당하게 되었답니다. 도둑은 사형당하기 전에 제 어미를 한 번만 만나게 해달라고 애걸복걸하여 그렇게 했답니다."

엄니의 말이 나오자 지루함이 싹 가시면서 할머니의 말이 쏙쏙 들어와 박혔다.

"그래서요?"

"어미를 만나게 되자 도적은 엄니의 젖을 한 번만 빨아보고 죽고 싶다고 하여 어미가 울면서 저고리 앞섶을 열고 도둑 아들에게 젖을 물렸답니다. 순간 어미는 아이구, 하며 소리를 질렀는데, 도둑 아들이 제 어미의 젖꼭지를 물어뜯어 피투성이를 만들었더랍니다."

"왜요?"

"그렇게 해놓고는 도둑이 울면서 말하더랍니다. '엄니가 나

어렸을 때 남의 집 애호박이며 참외를 따오면 잘했다고 칭찬하지 않았소?' 그때마다 칭찬받는 게 자랑스럽고 재미있어 도둑질을 하다 보니 그게 버릇이 되어 오늘같이 큰 도둑으로 사형까지 당하게 됐다고 하면서 엉엉 울더랍니다."

나는 으르르 진저리를 쳤다. 내가 지금 거짓말을 하면 앞으로 커서 엄니의 젖꼭지를 물어뜯는 큰 도둑이 된다고 생각되어 두려웠다. 그러면서 도둑이 어떻게 죽는지도 궁금했다. 내가 이대로 크면 큰 도둑이 될 테고, 사형을 당하게 될 것이다. 그러면 어떻게 죽는가? 죽더라도 너무 아프게 죽고 싶지는 않았다.

"사형은 어떻게 시켜요?"

"옛날에는 망나니가 작두칼 같은 커다란 칼로 목을 탁 쳐서 죽였지만 지금은 밧줄에 목을 매달아 죽이지요."

나는 칼로 목을 쳐서 죽이는 것과 밧줄에 목을 매달아 죽이는 것을 놓고 잠시 생각했다. 칼로 목을 쳐서 죽이는 것은 엄청 아플 것 같았다. 그렇다고 밧줄로 목을 매달아 죽이는 것은 숨을 못 쉬어 얼마나 갑갑하게 죽을까 생각하니 그것도 해서는 안 될 일이었다. 내 속마음을 알아채신 듯 할머니는 덧붙이셨다.

"죽는 거야 한 번 죽으니까 별거 아니지만, 대장부 남자가 목이 매달려 죽는다는 것은 죽어서도 창피한 것이지요."

그랬다. 그게 문제였다. 작년 여름에 방앗간 마당에서 수돌이 아저씨가 느티나무 가지에 개를 목 매달아 죽이는 것을 보았다. 버르적버르적 몸뚱이를 흔들며 앞뒷다리로 허공을 마구 할퀴더니 혓바닥을 쭉 빼며 발발발 떨었다. 그 모양이 나로 바뀌어 그려졌다. 많은 사람들이 목 매달린 나를 쳐다보며 웃고 손뼉치고 한다면 죽은 나는 얼마나 창피할까. 윗뜸 준식이 같은 놈은 목이 매달린 나에게 흙을 뿌리고, 그도 모자라 내 아랫도리를 벗기고 고추를 만지며 막 웃을 것이다. 그러면서 이럴 것이다. 여기 대장부 남자, 즈이네 가문의 대들보 귀동이가 목이 매달려 죽어 있다아! 수돌이네 개처럼 매달려 있다아! 아, 웃어 죽겠다아!

"더구나 한 가문의 대들보가 그렇게 된다면 조상도 창피당하는 것이고 가족들도 창피하여 일평생 고개도 못 들고 다니지요."

극도의 공포와 슬픔에 잠긴 나는 이윽고 할머니의 치마폭에 얼굴을 묻고 흐느꼈다.

"잘못했어요 할머니. 아줌니가 맡기고 오줌 누러 간 새 마늘 판 돈을 내가 가졌어요. 그 돈이어요 백 환짜리는."

할머니는 내 머리를 쓰다듬으셨다.

"우리 착한 대들보님, 앞으로만 그런 짓 안 하면 돼요."

"그 돈 갖다 줄게요."

"당연하지요. 다음 장날 가서 잘못했다고 빌고 돈을 돌려주면 대들보님은 대장부다운 남자로 더욱 더 좋게 소문이 날 것이오."

다음 장날 그렇게 했다.

서울할아버지

내 나이 스무 살 때 나는 나라를 잃고
일본 사람들 밑에서 살아야 했었다네.
그랬다가 우리나라를 되찾았을 때는
한창 젊고 열심히 일해야 할 세월 다 보내고
육십 늙은이가 돼 있었지.

거의 보름이 넘도록 서울할아버지 서당에 가지 않았다.

"선비는 밥은 굶어도 공부는 해야 하는겨."

할머니는 하루에 한 번꼴로 그렇게 말씀하셨다. 하지만 묘
숙이가 없어 가고 싶지 않았다. 이제 막 글을 깨우쳐 글자를
짚어가며 떠듬떠듬 읽고 그 말뜻을 이해할 즈음이어서 마음
한구석에서는 빨리 가서 읽다 만 《홍길동전》과 《흑두건》을

두 번, 세 번 읽고 싶었다. 그리고 뒤따르는 칭찬도 듣고 싶었다. 그 즈음 나는 한문을 곧잘 외워서 칭찬을 들었지만, 떠듬떠듬 읽으면서도 그 뜻을 헤아리는 재미에 빠진 것은 한글이었다.

그렇지만 묘숙이가 옆에 없고 서울할아버지와 단둘이 앉길 두 번인가 해봤는데 매우 쓸쓸하고 어설펐다. 그런데다 서울할아버지는 그 즈음 자꾸만 편찮으셨다. 글을 가르치다가도 갑자기 배를 안고 한참 동안 식은땀을 줄줄 흘렸다. 그러고는 간신히, 기어들어가는 목소리로,

"큰 소리로 책 좀 읽고 있거라."

하고는 안방으로 들어가시곤 했다. 그러면 안경아주머니가 급하게 들락날락거리다가 얼마 되지 않아 우리에게 와서 말했다.

"도련님들, 그리고 귀동이도, 스승님이 편찮으셔 오늘 공부는 더 못하신대요. 미안해요."

그러면서도 꼭 이 말 덧붙이는 것을 잊지 않았다.

"오늘 배운 거 열 번씩 읽고 다 외워오세요."

할머니 말씀에 의하면 서울할아버지는 황달이 있으며, 얼굴이 검은 것은 간이 나빠서 그렇다고 하셨다.

"그러면 나중에 간이 떨어져요 할머니?"

나는 어른들이 흔히 쓰는 말, '아이, 깜짝 놀랬잖아! 하마

157

터면 간 떨어질 뻔했네!'라는 말을 자주 들었는데, 그래서인지 간이 나빠지면 결국 썩은 감처럼 뚝 떨어진다고 생각되었다. 또 '간이 콩알만 해졌다'라는 말을 듣기도 했는데, 그 말은 간이 할머니 젖꼭지처럼 작고 쭈글쭈글하게 쪼그라들어 나중에는 콩알만 해질 수도 있다는 것으로 알고 있었다. 따라서 서울 할아버지의 간은 지금 쪼그라들고 있으며 얼마 안 가 콩알만 해지면 뚝 떨어져 죽을 것이라는 추측을 하곤 했다.

묘숙이가 하루 빨리 서울에서 내려오기만 기다렸다. 하긴 한 번 내려오긴 했다. 한 번 내려와 우리 집 방에서 화로에 밤을 구워먹었다.

"하지마! 그냥 넣으면 터져!"

내가 소리치며 말렸는데도 묘숙이는 웃으며 밤을 통째로 서너 개를 집어넣었다. 밤들이 마구 부풀었다. 어느 순간 쾅하며 밤이 폭탄처럼 터졌다. 재가 방 안을 캄캄하게 채웠다. 나는 캑캑거리며 바깥으로 도망나왔다. 그러고 보니 나는 얇은 옷을 입은 채 마루 위에 누워 있었다.

"감기 들라."

할머니가 방에서 조각이불을 가져다 덮어 주셨다. 나는 벌떡 일어나 방 안으로 들어갔다. 화로도 없고 재도 없었다.

"할머니, 화로 어쨌어요?"

"초여름에 웬 화로?"

"터진 군밤은 어떻게 하셨슈?"

"웬 군밤?"

"묘숙이랑 굽다가 터졌는데?"

"글쎄다. 묘숙이가 서울에서 왔다냐?"

"예. 오늘요."

할머니는 고개를 갸우뚱하면서 빨랫줄에 빨래를 널고, 바지랑대를 세우느라 끙끙대셨다. 그렇다면 방금 있던 묘숙이는 어디 간 거지? 하는 생각으로 찾으러 다녔지만 아무 데도 없었다. 어디 갔지? 어디 갔지? 궁금하여 찾다가 방에 들어가 곰곰 생각했다. 어떻게 된 일일까? 어떻게 된 일일까? 사뭇 생각하다가 다시 확인하려고 문을 열고 밖으로 나갔다. 그랬더니 핑크색 원피스를 입은 묘숙이가 열린 대문 틈새로 기웃거리고 있었다.

"묘숙이 누나!"

"응, 안녕. 잘 있었어?"

"어디 숨어 있었어?"

"숨다니?"

"쫌 전 나랑 밤 구워먹었잖아?"

"뭔 소리야?"

"그러다가 터져서 도망나왔잖아?"

묘숙이는 그 큰 눈을 두리두리하면서 고개를 가로젓고는, 빙그레 웃으며 말했다.

"참 오랜만이지?"

"응. 그런데 아까……."

할머니가 뒤꼍으로부터 나오면서 끼어드셨다.

"묘숙이가 억세게 보고 싶어 꿈까지 꾼 모양인데, 왜 그러고 만 있어?"

그제야 묘숙이가 가까이 다가왔다.

"네게 줄 선물이야."

묘숙이는 내 손 두 개 크기만한 종이곽을 내밀었다. 종이상 자는 꼬부랑 글씨로 씌어 있어 읽을 수 없지만 그림으로 봐서 자동차임이 틀림없었다. 자동차 그림은 내가 생각하는 그런 게 아니었다. 전에 본 상자 같은 차가 아니라 풍뎅이처럼 귀엽 고 예쁘게 생긴 차였다. 노란 차와 빨간 차 두 대가 일부만 겹 쳐 그려져 있었다.

"왜 그러고만 있어?"

묘숙은 내 손 위에 있는 종이상자를 도로 가져가 포장을 뜯었다. 빨간 차였다. 드르륵드르륵 튀어나온 손잡이를 돌려 태엽을 감았다. 그런 다음 마루 위에 놓았다. 쉬익하면서 장난 감자동차가 내닫다 마루 귀퉁이에 있는 다듬잇돌에 부딪히고 는 뒤집어져 자르르르 소리를 내며 바퀴만 빠르게 돌았다.

"와, 조오타!"

그렇게 외쳤지만, 솔직히 장난감보다도 묘숙이가 내 앞에 있어서, 그래서 참 좋았다.

"누나!"

누나라는 말이 아까부터 스스럼없이 내 입에서 잘도 나오는 것이 조금은 쑥스러웠다. 묘숙이는 뒤집어져 바퀴가 서버린 장난감자동차를 집으려다 말고 멈칫하며 나를 쳐다봤다. 큰 눈이 더 커졌다. 검은 눈동자가 더 까매졌다. 눈동자가 반짝하더니 물기가 어렸다.

"왜?"

"……."

"불러놓고 왜 말 안 해?"하고 묘숙이가 다그쳤다.

"언제 왔어?"

"어젯밤."

묘숙이가 다가와 나를 꼬옥 끌어안았다. 옷에서 초콜릿 냄새가 맡아졌다. 우유 냄새도 맡아졌다.

"나 너 참 많이 보고 싶었다."

묘숙이가 나직하게 말했다.

"나도."

하고 낮게 대답했다. 그렇게 하고 나니까 정말 보고 싶었다는 게 더 확실해지면서 가슴이 뭉클 젖었다. 잘못하면 눈물이

날 것도 같았다.

　밖으로 나섰다. 점심때쯤 되었다. 우리는 그 말을 꺼내지도 않았는데, 그냥 그렇게 서울할아버지댁으로 가고 있었다. 대문이 조금 열려 있었다. 들어가기 위해 대문을 옆으로 젖히자 '삐그덕'하는 소리가 났다. 곧 안경아주머니가 부엌에서 앞치마에 손을 훔치며 나왔다.

　"어머, 묘숙이 언제 왔어?"

　"어젯밤에요."

　"어이 마루로 올라와."

　"선생님은요?"

　"주무셔."

　안경아주머니의 말이 끝나기가 무섭게, "잠깐만 기다리거라"하는 서울할아버지의 목소리와 '부시럭부시럭'하는 소리가 들려왔다. 안경아주머니가 재빨리 안방으로 들어갔다.

　"아버님, 그냥 누워 계세요."

　"아니다. 귀한 아기 손님들인데."

　"그냥 인사만 하고 갈텐데요."

　"이불만 좀 개어서 이불장 위에 올려놓게나."

　"참, 아버님두."

　잠시 후 문이 열리고, 안경아주머니가 나오면서 말했다.

"들어오시래요."

환한 바깥에 있었으므로 방 안은 굴속처럼 캄캄했다. 비릿하면서 쥐 썩는 냄새가 섞인 듯한 그런 것이 콧구멍으로 후욱 맡아졌다. 참기 힘들었다. 악취에 면역이 돼 있는데도 참기 힘들다는 것은 냄새가 엄청 지독하다는 것을 뜻했다.

우리 집도 그렇고, 남의 집들도, 어디든 냄새가 지독했다. 방 안에서는 메주 뜨는 냄새, 벽 속 흙에서 나는 냄새, 어린아이가 오줌 싸서 나는 냄새, 왕골자리 썩는 냄새, 간장 된장 냄새, 청국장 뜨는 냄새, 바깥에서는 오줌동이 냄새, 뒷간 냄새, 외양간 냄새, 돼지막 냄새, 수채구멍 냄새, 쥐 썩는 냄새, 냄새! 냄새! 항상 콧구멍을 들락날락했다. 순길이네에서 봤는데, 순길이 남동생이 갑자기 오줌을 누자 순길이 할머니가 손으로 그 오줌을 받아 벽에 뿌리는 것이었다. 그 오줌이 마르면서 냄새가 얼마나 지독한지 그 뒤로는 그 집에 가지 않았다.

늘 깨끗하게만 생각했던 서울할아버지 방에서 그보다 더 지독한 냄새가 나다니. 전에 길자 아버지가 '엉덩이에 뭐가 있는지 봐줄래'하고 엉덩이를 내밀었는데 내 얼굴을 향해 방귀를 뿌웅 뀌었을 때 가졌던 배신감과 비슷한 마음이 들었다. 절대로 서울할아버지댁만은 그런 냄새가 나지 말아야 했다. 할아버지는 다르니까.

묘숙이도 입으로 손을 가져갔다가 얼른 손을 뗐다. 하지만 눈에 솟아난 눈물은 어쩌지 못하고 닦아내고 있었다. 슬퍼서 그런 게 아니라 구역질을 하면서 솟아난 눈물일 것이다.

"날이 더우니 문 닫지 말거라."

서울할아버지는 묘숙이 뒤를 따라 들어간 나를 바라보며 그렇게 말씀하셨다. 안경아주머니가 들어오자 이번에는 북쪽으로 난 샛문까지 열어놓도록 했다.

"추워요, 아버님."

"저 냄새 하나도 안 나요. 괜찮아요."

묘숙이가 뒤따라 말했다.

"잠깐만 열어 놓자."

할아버지의 말씀에 안경아주머니는 뒷문을 열었다. 내가 일어나 반 정도만 열린 문을 아예 활짝 열었다. 비로소 서울할아버지의 모습을 똑바로 볼 수 있었다.

서울할아버지는 아랫목에 방석을 깔고 양반다리로 반듯하게 앉아 계셨다. 저번에는 볼이 홀쭉하도록 말랐었는데, 그날은 그 얼굴이 쟁반처럼 둥그렇게 커져 있었다. 눈은 살로 덮여 눈동자가 잘 보이지 않았다.

"할아버지, 살 찌셨네요?" 내가 말했다.

묘숙이가 내 허벅지를 꼬집고는 할아버지의 무릎 위에 얹힌 손을 잡으며 말했다.

"할아버지, 얼굴이 너무 많이 부우셨어요."

할아버지는 빙긋이 웃으셨다.

"많이 아프세요?"하고 묘숙이가 이어 물었다.

"간경화가 심해졌단다."

"간경화가 뭔데요?" 묘숙이가 물었다.

"간이 굳는 거지."

내가 추측했던 일이 그대로 이루어지고 있었다. 간이 딱딱하게 굳어져 콩알만하게 쪼그라지고 있다. 이제 간이 감꼭지처럼 똑 떨어질 때가 된 것이다.

"할아버지, 그럼 어떡해야 낫는 거예요?" 묘숙이가 물었다.

"글쎄다. 살만큼 살았으니까 걱정은 없다. 아쉬움도 없구. 너희들을 더 가르치고 싶은데, 그게 좀 서운하긴 하지."

"그럼, 할아버지가 돌아가시는 거예요?"하고 이번엔 내가 궁금해 물었다.

"귀동아!"

묘숙이가 눈을 하얗게 흘기며 나를 노려봤다. 나는 잘못했다는 생각이 들었다. 그래서 고개를 숙이고 있다가 기어들어가는 목소리로 말했다.

"죄송해요 할아버지."

"아니다. 니 말이 맞는 거여. 난 이제 얼마 살지 못한단다."

"할아버지!"

묘숙이가 할아버지의 손을 잡고 울먹이더니, 끝내 울음보를

터뜨렸다.

그제는 나도 슬펐다. 죽으면, 땅 속에 묻는다. 묻으면, 썩는다. 그러면, 다시는 보지 못한다. 어떤 어른이 한문을 가르쳐 줄 것이며 누가 나보고 잘했다고 칭찬하며 내 머리를 쓰다듬어 주겠는가? 어느 어른이 까불어도 허허 웃어주고, 어떤 어른이 잔칫집에서 가져온 다식과 부치미, 구운 오징어를 놔뒀다가 나에게 주시겠는가? 할머니 말고, 누가 나보고 '너는 너희 가문의 대들보이며 대장부 남자'라고 말해줄 것인가? 어른들 가운데 나에게 그 말을 해주고 믿어준 사람은 한 분도 계시지 않았다. 서울할아버지 빼고.

거기까지 생각이 들자 나도 엄청 슬퍼졌다. 그래서 묘숙이보다 더 크게, 더 많이많이 아프게 엉엉 울었다. 할아버지의 무릎에 얼굴을 묻으며 울었다. 안경아주머니가 같이 울면서 나를 할아버지로부터 떼어놓을 때까지 나는 울고 울었다. 우리 가문의 대들보이며 대장부인 나는 첫째 화를 내지 말아야 하고, 둘째 울지 말아야 하는데, 나는 그날 많이많이 울고 말았다.

안경아주머니가 타다 준 꿀물을 할아버지와 묘숙이와 내가 마시고서야 서로의 얼굴을 보며 씨익 웃어주는 여유를 찾게 되었다.

그러고 있는데, 바깥에서 웅성거리는 소리가 들려왔다. 서당 형들이 말하는 소리라는 걸 대번 알 수 있었다.

"스승님, 지금 계시남유?"

경석이형의 목소리였다.

안경아주머니가 재빨리 마루로 나갔다.

"마침 잘 오셨어요. 지금 우선하시어 앉아 계시거든요. 꼬마 손님도 둘 와 있구."

서울할아버지가 눈을 비벼 눈물을 닦아내고 허리를 반듯하게 세우며 밖에 대고 말씀하셨다.

"들어들 오게."

서당 형들 말고도 동네 청년 셋이 끼어 모두 여덟 명이었다.

"농사철이라 바쁠 텐데, 와줘서 고맙네."

할아버지의 말씀에 제각기 한마디씩 했다.

"진작 와 뵙지 못해 죄송하구면유."

"우리를 이끌어 주실 스승님이 이렇게 되시니 참 난감하네유."

"누굴 우러르며 산대유?"

서울할아버지는 방석을 뒤로 당겨 벽에 등을 기대고 나서 말씀하셨다.

"내 나이 스무 살 때 나는 나라를 잃고 일본 사람들 밑에서 살아야 했었다네. 그랬다가 우리나라를 되찾았을 때는 한창 젊고 열심히 일해야 할 세월 다 보내고 육십 늙은이가 돼 있었지."

할아버지의 말씀을 금방 쉽게 알아들을 수는 없었지만, 매

167

우 심각하고 슬픈 그런 이야기라는 것은 얼마든지 느낄 수 있었다. 그때쯤 안경아주머니가 불그스름한 물을 유리컵에 따라와 할아버지께 드렸다. 할아버지는 그 물을 반쯤 마시고 나서 말씀을 이었다.

"일본 사람들에게 나라를 빼앗길 때는 미국의 라이트 형제가 비행기 실험을 한 후 하늘에 겨우 프로펠러 비행기가 날아다닐 때쯤이었네."

나는 우쭐했다. 나는 라이트 형제를 알고 있었다. 할아버지가 언젠가 말씀해주신 이야기라서 훨씬 자세하게 알고 있었다. 그러나 그곳에 온 청년들은 나이가 그렇게 많은데도 잘 모르는 것 같았다. 하긴 그러니까 내가 우리 가문의 대들보가 아니겠는가.

"그런데 내가 해방을 맞을 때는 하늘에 삐식구(B-29)가 원자탄을 싣고 와 일본 히로시마에 떨어뜨리고 있었다네. 그렇게 세상은 변하고 과학은 발달했는데, 우리나라는 어땠던가? 일본 사람들한테서 헤어났을 때는 자전거 한 대도 제대로 못 만들었다네. 일본 사람들이 우리 조선의 피를 그악스럽게 빨아먹어 껍데기만 남겨놓은 꼴이 된 거지. 그런데다 육이오동란까지 터졌으니 동냥아치 나라가 될 수밖에 더 있겠는가."

이때도 나는 내심 으쓱했다. 나는 삐이십구를 잘 알고 있었다. 그것은 반짝이는 닭뼈 같은 걸로 만들었는데, 엄청난 소리를 내며 하늘을 날아다녔다. 근데 얼마 전 할아버지께서 내가 알고 있는 것이 틀렸다는 것을 깨닫게 해주셨다. 팔랑개비를 돌려 날아다니는 비행기와는 다르게 삐이십구는 우리가 뀌는 방귀처럼 이상한 공기를 태워서 날아다니는 것이며, 그곳에는 총도 있고 대포도 있고 사람도 많이 타고 있다고 하셨다. 그것이 하얀 닭뼈처럼 작게 보이는 것은 하늘 높이, 멀리 떠 있어 그렇게 보인다는 것이었다. 그것은 멀리 봉화산이 조그맣게 보이지만 막상 가까이 가면 엄청 높고 크게 보이는 것과 같은 이치라고 하셨다.

또 그 비행기가 하늘을 지나가면 흰 줄이 그어지는데, 그것을 두고 비행운이라고 하셨다. 그것은 날이 추운 날 우리들 입에서 하얀 입김이 나오는 것과 같은 이치라고 하셨다. 그러니까 삐이십구에서 나오는 뜨거운 기운이 하늘에 있는 추운 공기와 부딪쳐 나오는 입김이라고 이해됐다. 그리고 그 입김은 구름과 같은 것이며 그것이 비가 된다는 것을 나는 짐작해 알고 있었다. 나는 역시 똑똑했다. 남다르게 참 똑똑해서 나는 내가 참 좋았다.

"학문을 갖다 주고 예의범절까지 가르쳤던 우리나라가 왜 그들에게 그런 수모를 당했는지 알겠는가?"하고 할아버지는 동네 청년들에게 물으셨다.

"일본놈들이 나쁜 놈들이라서 그렇지요."

"좋은 무기를 먼저 만들어서 그렇게 된 거쥬."

"이씨왕조 왕들이 제대로 정치를 못해서 그런 거지요."

그런 말들이 나왔다. 할아버지는 묵묵히 듣고만 계셨다. 더 이상 대답이 없이 잠깐 조용할 때 우리 서당에 다니는 형이 덧붙였다.

"다 우리가 못나서 그런 거지요."

"그게 정답일세"하고 할아버지께서 받으셨다.

"우리가 똑똑하고 힘 있고 잘났으면 어찌 섬나라 사람이 우리를 깔보고 합방을 시켰겠는가. 우리가 못나고 우리끼리도 뭉치지 못하고 쓸데없이 정쟁만 하다가 그렇게 된 것이야."

할아버지는 빨간 물을 한 모금 더 마시고 말씀을 계속했다.

"그런데다 못나디 못난 짓을 보게나. 이번 육이오동란으로 사백만 명이 죽었네. 세상에! 제 동족끼리 싸워 사백만 명이 죽어 자빠진 나라가 세계에 어디 있었겠나? 미국도 남북전쟁 때 백이십만밖에 죽지 않았네. 그게 이 나라 꼬락서닐세."

나는 백만 명이 백 명보다 조금 많다는 것을 짐작으로 알았다. 어쨌든 그제부터는 할아버지의 말씀이 잘 이해되지 않아 지루했다. 할아버지는 계속 말씀하셨지만, 그 말들을 내가 제대로 이해하려면 끼어들어 자꾸 물어야 했고, 할아버지의 긴 설명이 뒤따라야 했다. 하지만 영리한 나는 지금은 그런 분위기가 아니며 그럴 때는 가만히 있으면서 딴 생각을 하는 편이 더 좋다는 사실을 이미 터득하고 있었다.

　그래서 나는 할아버지 방 바람벽에 붙어 있는 그림에 신경을 모으고 있었다. 그곳에는 얼굴이 호박처럼 퉁퉁하고, 똥그란 안경에 한복을 입은 어른의 사진이 걸려 있었다. 또 그 옆에는 눈썹이 새까맣고 방앗간 머슴 수돌이처럼 눈알이 큰, 힘이 굉장히 셀 것 같은 사람의 사진이 걸려 있다. 그 밑에는 손바닥 그림이 그려져 있었다. 손바닥 그림에서 새끼손가락과 약손가락이 똑같아 이상했다. 그 옆, 똥그란 안경에 못생긴 아저씨의 사진 밑에는 ‘金九’라 씌어 있었다. 나는 ‘김구’라고 읽을 수 있었다. 그런 내가 또 한 번 자랑스러웠다. 그러나 나는 김구가 누군지는 몰랐다. 내가 한문을 읽을 수 있다는 것을 알리기 겸해서 묘숙이의 옆구리를 쿡 찌르고는 조그맣게 물었다.

　“김구가 누구여?”

　묘숙이가 제 입술에 손가락을 세로로 대고는 쉬잇, 바람소리를 냈다.

　그러는 사이 청년들이 일어서며 말했다.

　“그럼 쉬세요. 며칠 있다가 또 오겠슈.”

　“그렇게들 해주겠나. 미안하네, 여러 가지루.”

　할아버지께서 대꾸하셨다.

　“하루 빨리 쾌차하세유.”

　“이제 뭣 좀 될라 했는데, 참 아쉽구먼유.”하고 기계총으로 뒤통수에 빵이 붙은 형이 말했다.

"무슨 소린가. 곧 나으실 텐데"하면서 서당 형이 '빵장사 형'에게 눈을 흘겼다.

흑흑거리며 우는 청년도 있었다. 동네 청년들의 그런 모습을 보면서 나는 은근히 뿌듯해졌다. 이렇게 많은 사람들이 좋아하는 할아버지에게서 글을 배운다는 것이 얼마나 자랑스러운 일인가. 내가 동네 가수로, 읍내 장터 가수로 유명해지는 것보다는 못해도, 어쨌든 나는 기분이 좋았다.

청년들이 다 가고 묘숙이와 나만 남았다.

"나 좀 잠깐 쉬마."

할아버지께서 말씀하시고는 옆으로 힘없이, 벽에 기대어 세워놓은 빗자루가 쓰러지듯 피그르 누우셨다. 묘숙이와 내가 도와드리려고 엉덩이를 들었을 때 이미 할아버지는 반듯이 누운 채 눈을 감고 계셨다.

"저희들 갈까요?"

묘숙이가 머뭇거리다가 말했다.

"아니다. 조금만 있거라. 할 얘기도 있구."

할아버지는 한동안 눈을 감은 채 가만히 계셨다. 내가 묘숙이의 허벅지를 꼬집으며 나가자는 시늉을 했다. 묘숙이가 윗이빨로 아랫입술을 꽉 깨물어 보이며 엉덩이를 달싹이는 내 어깨를 잡아눌러 꼼짝 못하게 주저앉혔다.

할아버지가 눈을 뜨셨다. 주위를 돌아보고는 한동안 기침을 하셨다. 그러고는 방문 쪽을 향해 부르셨다.

"아가야."

"예, 아버님."

안경아주머니가 들어왔다.

"나 좀 도와줘."

"예, 아버님."

안경아주머니의 도움을 받아 할아버지께서 가까스로 일어나 앉으셨다. 짧은 머리를 손바닥으로 쓰다듬어 뒤로 넘기고 나서 손가락빗으로 수염을 긁어내린 후 양손으로 배를 싸안으며 말씀하셨다.

"묘숙이는, 미국 가는 거 아직 소식 없다냐?"

"잘 몰라요."

"그렇구나."

찬찬히 묘숙이의 얼굴을 살피고는 이어 말씀하셨다.

"꼭 가야 한다고 하시든?"

"네."

"너는?"

"네?"

"가고 싶어? 미국이?"

묘숙이는 고개를 숙였다. 그러고는 묵묵히 그렇게 있었다. 할아버지 또한 한동안 말이 없으셨다.

한참 후 할아버지는 이번에는 묘숙이로부터 내 얼굴로 눈길을 옮기셨다. 할아버지의 눈동자가 흐릿하여 움찔 놀랐다. 쥐약 먹고 죽은 쥐를 먹어 수채구멍에서 몸부림치다 죽은 고양이의 눈을 봤는데, 그 눈과 비슷했다.

"귀동아."

할아버지께서 입을 여셨다.

"예."

"아버지 보고 싶지?"

나는 어떻게 대답할까 말을 만들려고 했는데, 생각하기도 전에 말이 먼저 튀어나갔다.

"많이요."

"그렇겠지."

할아버지는 말끝에 쉬이 소리가 나도록 한숨을 토해내셨다. 그러고는 잠깐 시간을 두고 나서 말씀을 이었다.

"까치나라에서 아직 소식은 없니?"

그 말에 짐짓 화가 났다. 까치나라는 이 세상에 없다고 준식이도 그랬고 봉아형도 그랬고, 시장 아주머니도 그랬고, 동네 어른들도 몇이나 그렇게 말했다. 그래서 화가 나고 슬픈데, 할아버지가 또 그 말을 꺼내고 있지 않는가. 나는 진짜 화가 났다.

"몰라욧!"

퉁명스럽게 대꾸했더니 묘숙이가 또 내 허벅지를 꼬집었다. 서울할아버지는 빙긋이 웃으셨다. 그러고는 말씀하셨다.

까치나라는 바로 니 가슴 속에 있단다."

난 그 말뜻을 금방 헤아릴 수는 없었다. 할아버지께서 말을 이으셨다.

"가서 할머니께 그렇게 말씀드려라. 그러면 아실게다."

집에 돌아오자마자 할머니께 그 말부터 꺼냈다.

"까치나라는 내 가슴 속에 있어요?"

"누가 그러던?"

"서울할아버지가요."

할머니는 내 얼굴을 바라보며 한동안 가만히 계시더니 갑자기 생각났다는 듯 불끈 일어나 벽장 안으로 올라가셨다. 그러고는 벽장 안에서 무언가를 찾느라고 한동안 부시럭 툭툭 덜거덕거리더니 마침내 파랑색의 좁고 긴, 양초곽만한 종이곽을 들고 내려오셨다. 내 앞에 바로 앉으시더니 곽을 열어 보이셨다. 은수저와 은젓가락이었다.

"까치나라 대장이 쓰시던 건데, 이제부터는 대주님이 쓰시게."

"내 숟갈하고 젓가락 있잖아유?"

"까치나라 대장이 대주님 가슴 속에 있으니 대주님이 이것으로 식사를 하면 바로 까치나라 대장님이 먹는 거나 다름없는 것이야."

그 말이 끝나자마자 할머니의 눈에서 눈물 두 줄기가 주루루룩 흘러내렸다. 단번에 솟은 눈물이 어떻게 그리나 많은지 처마에서 쏟아지는 빗물처럼 치맛자락에 두두두둑 소리를 내며 떨어졌다.

"할머니, 할머니, 할머니!"

할머니의 목을 와락 끌어안았다. 그러자 이번에는 내 가슴 속에서 울음이 터져나오더니 나도 어쩌지 못하게 엉엉 질펀하게 울음이 토해졌다. 그날만은 우리 가문의 대들보며 사내대장부를 생각하지 않고 울고 싶은 대로 내버려두었다. 그냥 엉엉 울었다. 어깨가 흔들리도록 그렇게 엉엉 울었다. 그냥 그렇게 꺼억꺼억 욕지기까지 하면서 울고 또 울었다.

그러고 나서 또 울었다.

안녕, 서울할아버지

그랬다. 우리는 돈을 벌려고 용병으로 팔려 베트남에 가서 싸웠다.
지하 천 미터 갱도에서 석탄을 파내는 서독 광부로 팔려가기도 했다.
그렇게 하여 가정을 건사하고, 산업화의 동맥 역할을 하는 고속도로를 깔고,
산을 푸르게 만들고, 한강의 기적을 일구어 냈다.

야간기습작전이 벌어졌다. 잠복해 있던 보병들이 숨어 있던 곳으로부터 살곰살곰 기어 나왔다. 한쪽에서는 탱크부대들도 이미 느릿느릿 움직이기 시작했다. 납작스름한 그것들은 좁은 틈을 비집고 움직이는 데 아주 제격이었다. 빠르기로 따진다면 야 그냥 군인보다 단연 탱크부대가 앞섰다. 아무리 멀어도, 또 아무리 어두워도 적을 향해 빈틈없이 쳐들어갈 수 있는 실력

도 갖추고 있었다.

뒤따라 멀리 숨어 있던 해병대 군인들도 용감하게 튀어나왔다. 해병대 군인을 본 적은 없지만 군대 갔다 온 아저씨들 얘기로 해병대는 참 무섭다고 했다. 빠르기로 말한다면 해병대들은 탱크부대보다도 몇 곱절이나 세다고 했다. 실제로 탱크부대는 걸리는 장애물들을 일일이 타고 넘어야 하지만, 해병대들은 웬만한 것은 단숨에 훌쩍훌쩍 뛰어넘을 수 있는 재주를 가지고 있었다.

그런 합동작전에서 뭐니뭐니해도 가장 뛰어난 부대는 역시 비행기부대였다. 윙, 하는 비행기의 프로펠러 소리는 들을 수 있어도 어디가 공격당했는지는 비행기가 괴롭히고 떠난 뒤에야 알 수 있었다. 참 얄밉긴 하지만 한 번쯤 그렇게 돼 보고 싶은 마음이 생길 정도로 멋진 싸움꾼이기도 했다. 물론 공격지점을 보다 빨리 알 수 있는 곳, 가령 귓불이라든가 눈두덩, 양볼따귀 같은 데에 있을 때는 손바닥 대포를 날려 부숴버릴 수 있긴 했다. 그러나 열 번이면 아홉 번은 내 볼과 귀불만 찰싹하고 때려 얼얼하게 만들 뿐이었다.

나는 그런 상상을 하며 자다 말고 자꾸자꾸 긁적거렸다. 가려운 곳은 한두 군데가 아니었다. 모기란 놈은 아주 비겁해서 피를 빨아도 손마디라든가 발가락 마디, 이마 같은 데만 침을 박아 긁고 또 긁어도 가려움은 여간해서 가시지 않았다.

빈대는 자리바닥 틈이나 바람벽 틈에 숨어 있다가 날이 어두워지면 살금살금 기어 나왔는데, 허벅지 아니면 사타구니 피를 가장 좋아했다. 어떤 때는 손이 닿지 않는 등 부위를 물어 가려움을 견디려면 등을 긁는 막대기나 할머니의 손을 빌어야 했다.

또 얄미운 것은 벼룩이었다. 벼룩은 들키는 즉시 팔짝팔짝 뛰어 어디론가 사라지는데 아무리 손을 빨리 놀려도 거의 잡지 못했다. 가끔은 할머니가 하시는 것을 본 그대로 그릇에 물을 떠다 놓고 벼룩을 쫓다 보면 물그릇에 빠지는 경우가 있긴 있어도, 꼭 그런 것만은 아니었다.

그래도 체온을 나누며 같이 사는 이(虱)는 물것 중에서 가장 순했다. 물어도 긁으면 시원함을 느낄 정도여서 참을 만했다. 할머니는 이를 잡을 때 꼭 투명한 유리병을 가져와 옆에 놓고 잡으셨다. 이를 유리병 속에 잡아넣어 그것을 바깥에 가지고 가셔서 물을 부어 쏟아내고 들어오시곤 했다. 다른 어른들은 손톱으로 눌러 터뜨려 죽이거나 화롯불에 넣어 태워 죽인다고 했다. 또 어떤 어른은 이빨로 옷의 솔기 같은 데를 잘근잘근 씹어 톡톡 터지는 소리를 즐기며 죽인다는 말도 들었다.

그날도 그런 상상을 하며 잠이 깼는데, 서울할아버지댁께서 여자 우는 소리가 들려왔다. 그러고 보니 할머니는 이미 일어나셔서 방문에 바짝 붙어 앉아 계셨다.

"할머니, 뭐해유?"

내가 물으며 윗몸을 일으켰다. 할머니는 대꾸 없이 등잔에 불을 붙이셨다. 그러고는 밖에 나가셨다가 잠시 후 들어오셨다. 그때까지도 여자 울음소리는 가끔씩 들리곤 했다. 순간 머릿속에 떠오르는 생각이 있었다. 그러나 감히 떨려서 그 말을 입 밖으로 꺼낼 수 없었다. 사실은 안 그런데 내가 그 말을 꺼내면 실제로 그런 일이 일어날 것 같아 말을 꺼내기가 두려웠다.

"서울양반이 돌아가신 것 같어."

말씀하시고 나서 할머니는 휴, 긴 한숨을 쉬셨다.

"서울할아버지가요?"

"꼭 그렇다는 말은 아녀."

"아녀요. 서울할아버지는 배운 게 많고 똑똑하셔서 안 돌아가실 거여요."

"죽는 건 학식이며 돈하고는 아무 상관없는겨."

"그래도, 그래도……."

그런데 왜일까? 서울할아버지가 돌아가시면 나는 조금밖에 안 슬펐다. 대신 염려스러운 사람이 따로 있었다. 묘숙이었다. 묘숙이는 저하고 가장 잘 통하는 서울할아버지가 없으면 틀림없이 서울로 갈 것만 같았다. 묘숙이는 나와 서당에 같이 다니느라 자주 만났지만, 서울할아버지가 돌아가셔 서당을 열지 않으면 나하고 별로 만나지 못할 것이다. 공부하러 가는 것 말고도 서울할아버지댁에 혼자 가기 싫어 나를 데리고 가곤 했는데, 이제 서울할아버지가 돌아가시면 나하고 웬만해서 만나지 않을 것이다.

그런 생각이 앞서자 이제는 진짜로 슬퍼지기 시작했다. 자꾸 눈물이 나려고 했다. 눈물과 함께 평소 할아버지가 나에게 얼마나 잘해주셨는지 하나하나 생각이 났다. 한 번은 안경아주머니가 서당에 쌍화차를 갖다놨는데, 서울할아버지께서 화장실에 간 사이 내가 삶은 계란을 먹을 때 남은 소금을 일부러 모두 쏟아부은 적이 있었다. 할아버지는 쌍화차를 마시다 말고 도로 쟁반에 놓으면서 말씀하셨다.

"귀동이 네가 간한 것 같은데, 너무 짜다 녀석아. 헛헛!"

묘숙이는 웃었지만 나는 얼굴이 뜨거워지며 울고 싶었다.

또 한 번은 할아버지의 돋보기를 밟아 깨뜨린 적이 있었다. 할아버지는 금이 간 돋보기를 이튿날도, 그 이튿날도 쓰셨다. 그리고 사흘째 되는 장날 할머니께서 돋보기안경을 사오셨는데, 할아버지도 그날 돋보기를 새로 사 두 개가 되었다. 그러자 할아버지는 할머니가 사주신 돋보기는 할아버지가 쓰고 직접 사신 돋보기는 할머니께 드리라며 주셨다. 나중에 알았지만, 할아버지가 사신 돋보기는 할머니가 산 것보다 훨씬 비싼 것이었다.

그런저런 생각들을 떠올리면서 이제는 묘숙이를 자주 만나지 못할까 걱정되었던 마음은 뒤로 밀리고 할아버지가 불쌍하다고, 더 보고 싶다는 생각이 들었다.

"귀동아."

아침을 채 먹지도 않았는데 묘숙이가 대문 밖에서 불렀다.

"누나!"

묘숙이의 눈이 빨갰다.

"어떡해! 어떡하냐구! 할아버지가 돌아가셨어!"

묘숙이와 나는 골목으로 들어섰다. 묘숙이는 다른 때와 달리 앞서지 않고 내 뒤를 따라왔다. 나는 고개를 바짝 쳐들고 가슴을 쑥 내밀고 대들보답게 대장부답게, 지붕 위에서 목을 쭈욱 빼고 꼬끼오 우는 수탉처럼 앞서 걸었다.

서울할아버지댁 대문은 조금만 열려 있었다. 틈새로 안을 들여다보았다. 마당에는 암탉 두 마리와 수탉 한 마리가 모이를 찾는 듯 부리를 땅에 대고 재재거리다가 우리가 있다는 것을 알고는 고개를 쭈쩍 쳐들었다.

그게 다였다. 거짓말처럼 집 안이 조용했다. 마치 울음소리를 낸 것은 한밤중에 북망산에 나타난다는 여자귀신이라는 듯 조용했다. 그러더니, 안방 문이 열리고, 안경아주머니가 나왔다. 아주머니는 진짜 여자귀신처럼 머리를 풀어헤치고 있어 무서웠다. 너무 무서워 돌아서지도 못하고 있는데, 안경아주머니가 말했다.

"얘들아, 선생님 돌아가셨단다."

막상 그 말을 듣자 나는 바보처럼 멍하니 서 있었다. 묘숙이는 한 살 더 많은데다 여자라선지 조금 전까지는 울더니 그제는 야무진 얼굴로 말을 받았다.

"언제 돌아가셨어요?"

"오늘 새벽 두 시 조금 넘어서."

"아줌마만 계세요?"

"그렇단다."

"알았어요."

묘숙이는 대답하고 나서 돌아섰다. 빠른 걸음으로 앞서 집으로 갔다.

나는 할머니께 왔다.

"누가 있든?"

방 안에서 할머니가 물으셨다.

"아뉴."

"아무도 없더라구?"

"예."

"쯧쯧쯧, 불쌍한 늙은이!"

할머니는 혀를 차며 고개 흔들기를 한참 거듭했다.

지웅 지웅.

아침을 먹는데 징소리가 들려왔다. 윗뜸 어디메쯤으로부터 아련하게 들리더니 차차 차차 커졌다. 구장아저씨가 묘숙이의 말을 듣고 길만이거나, 아니면 다른 형, 아니면 어떤 아저씨를 시켜 징을 울리고 있을 것이었다.

나는 아침을 먹자마자 일어섰다.

"가보게?"

할머니가 물으셨다.

"예."

"장난치거나 웃고 떠들면 안 되는 거 아시지?"

"우리 가문의 대들본디유?"

"암만. 암 그러셔야지."

"갔다 올게유,"

"잘 다녀오셔."

할머니께서 그렇게 깍듯이 존댓말을 쓰시는 것은 그만큼 내가 행동을 조심해야 한다는, 강요에 가까운 말씀이었다.

나는 아직 세수하지 않은 것을 깨닫고는 밖으로 나와 물두멍에서 물을 퍼다 대야에 붓고 푸카푸카 세수를 했다. 일어서자 할머니께서 수건을 가지고 뒤에 서 계시다 내게 건네주셨다. 얼굴을 씻고 나서 괴춤은 깔끔하게 잘 맸는지, 윗도리 단추는 다 잠갔는지 살피고는 서울할아버지께서 그려 보였던 새벽참 지붕 위의 수탉처럼 고개를 높이 들고 가슴을 쑥 내밀며 대문을 나섰다.

묘숙이는 이미 할아버지댁 마당에 와 있었다. 구장과 동네 어른들 다섯 명, 그리고 서당에서 공부하던 청년들과 그 또래들 네 명이 마당에서 서성이고 있었다. 걸핏하면 혼구멍 내기를 좋아하는 형식이 아버지도 와 있었다. 내가 제일 싫어하는 어른이었다.

형식이 아버지가 모는 달구지에 또래 애들과 같이 달려가 매달렸는데, 다른 애들보다 몸이 빠른 나만 올라탔다. 매달리는 것을 흘긋흘긋 보다가 내가 탔다는 것을 알자 달구지를 세우고,

"당장 안 내릴래!"

하고 눈을 부라리더니 나를 안아서 행길에 내려놓긴 했는데, 내던지듯 놓아버려 나는 중심을 잃고 떽떼그르 나뒹굴었다. 또래들이 까르르 웃었다. 나는 재빨리 일어섰다. 그러고는 대들었다.

"어른이 왜 그래유?"

내가 알기로 어른은 그래서는 안 되었다. 어른이라면 어른다워야 한다고 어른들이 말하곤 하는 것을 나는 귀담아 들어 알고 있었다. 그런데 내가 좀 장난을 쳤다고 해서 어른이 그렇

게 내던지듯 내려놓으면 안 된다고 생각됐다. 내가 어른이라면 꿀밤 한 대 살짝 주고는 웃으며 살그머니 내려놓았을 것이다. 아니, 한참 태워줬을 것이다.

"이놈의 자식이!"

형식이 아버지가 주먹을 울러멨다.

나는 진짜 화가 났다. 형식이 아버지 앞으로 한 발 다가서며 턱을 높이 들고 말했다.

"아저씨가 저 때리면 동네 사람들이 웃을걸요."

"역시 소문대로 싸가지가 노란 놈이구나!"

그 말까지만 했어도 나는 그렇게 나쁜 마음을 가지고 있지 않았을 것이다. 그런데 형식이 아버지는 그 뒤에 이런 말을 덧붙였다.

"애비 없는 자식은 어디가 틀려도 틀려. 암, 틀리고 말구."

그 말이 빨리 이해되지 않아서 내 마음까지 와 닿는 데는 시간이 걸렸다. 형식이 아버지가 끄는 달구지가 저만큼 가서 행길가에 있는 바깥변소를 돌아갈 때서야 아버지가 안 계시니까 깔보고 한 말이라는 것을 깨달았다. 그때 번쩍, 어른들끼리 형식이 아버지의 등에 손가락질하며 은밀하게 나누는 말을 들은 게 생각났다. 나는 소리쳤다.

"순사 앞잡이, 똥걸레!"

하고 나서야 아차 했다. 너무 소리를 크게 지른 것 같았다.

아니나 다를까, 형식이 아버지가 달려왔다. 이럴 때 써먹는 수법이 있었다. 지금까지 내 수법은 잘 먹혔었다. 마침 행길 옆 준식이네 논에는 물이 많았다. 나는 논으로 뛰어들었다. 그리고 흙탕물을 일으키며 달아났다.

그러나 이 수법이 형식이 아버지한테는 통하지 않았다. 치사하게 형식이 아버지는 신발 신은 채 논으로 뛰어들어 내 뒤를 좇았다. 불과 예닐곱 발짝도 못 떼고 나는 등덜미가 들려져 행길로 옮겨졌다. 땅에 발을 딛는 순간, 눈에서 번개가 번쩍하고 치더니 형식이 아버지의 얼굴이 희미하게 보였다.

"한 번만 그 따위 소리하면 죽여버릴겨!"

그날 나는 가문의 대들보, 사내대장부답게 행동했다. 도랑에 가서 세수를 하고 흙 묻은 바지를 물로 잘 닦아냈다. 그러고서 옷이 마를 때까지 걷고 또 걷다가 집으로 들어갔다.

"얼굴이 왜 그려? 누구랑 싸웠어? 울었어?"

할머니가 물으셨다.

"아무 일도 아니어요."

"싸웠구먼?"

"사내대장부가 동무랑 싸운 걸 갖고 말하면 대장부가 아니잖어유?"

그 뒤 나는 계속 벼르고 있었다. 언젠가는 그만큼 복수를 하고 말 것이다. 혹시 그러지 못하더라도 나중에 어른이 되면 형식이 아버지를 끌어다 논물에 집어넣고 물을 먹일 것이다. 나는 그렇게 결심하고 있었다.

오늘도 틀림없이 뭐라고 할 테지, 속으로 생각하며 눈치를 봤다. 아니나 다를까, 그예 한마디 했다.

"애들은 이런 데 오는 거 아닌겨. 어이 가! 어이 가라구!"

나를 향해 손짓으로 나가라는 시늉을 해 보이면서도 눈은 묘숙이에게 가 있었다. 묘숙이에게 그렇게 하고 싶어도 구장 아저씨 때문에 참고 있다가 내가 가니까 새삼스레 묘숙이에게 하고 싶은 말을 나를 팔아 그러고 있다는 것을 나는 잘 알고 있었다. 묘숙이에게 다가가 나갈까 어쩔까 눈짓을 했다. 묘숙이가 앞서 대문 쪽으로 나섰다. 나도 뒤따랐다.

곧 걸음을 멈추어야 했다. 동네 어른이 뒤꼍에서 지붕 위로 올라가 하얀 저고리를 들고 한 손은 허리에 대고는 대나무밭이 있는 북쪽을 향해 소리쳤다.

"장전리 1구 이완규 보옥! 장전리 1구 이완규 보옥! 이완규 보옥!"

그 모습을 보면서 내 머릿속은 지붕 위에 서서 목을 길게 빼고 해 뜨는 쪽을 향해 꼬끼오, 우는 수탉을 떠올렸다. 할아버지는 저렇게 늙어 빠져서 아프다가 죽었으니까 복을 받으라는 것일 게다. 그러나 나는 장차 사내대장부에다 우리 가문의 대들보이기 때문에 저렇게는 하지 않을 것이다. 혹시 내가 늙어 죽더라도 사람들은 지붕에 올라 이렇게 소리칠 것이다. 그렇게 만들 것이다.

장전리 1구 김귀동, 가문의 대들보, 사내대장부, 김귀동, 가문의 대들보, 사내대장부!

마당에 들어서자 할머니가 짚으로 달걀꾸러미를 만들고 계시는 모습이 눈에 들어왔다. 할머니는 일하시던 손을 멈추고 내 얼굴을 살피셨다. 나는 어떻게 행동을 해야 옳을지 몰라서 잠자코 할머니를 바라봤다. 이윽고 할머니께서 입을 여셨다.

"할아버지한테 속으로라도 저승에 잘 가시라고 빌어드렸어?"

"아니요."

"왜?"

"형식이 아버지가 애들은 빨리 나가래요."

할머니는 달걀꾸러미에 달걀을 넣다 말고 나를 올려다보셨다. 침을 한 번 꼴깍 삼키고 나서 나직하게 말씀하셨다.

"초봄에 형식이 아버지한테 나쁜 말 해서 꽁하고 있는 거 아녀?"

"그, 그게……. 뭔 말예유?"

"다 듣고 있었다. 네가 순사 앞잡이라고 소리 질렀고, 형식이 애비가 쫓아와 논으로 도망가는 너를 잡아 귀빰 때렸다는 것도 듣구."

189

나는 입을 혀 벌린 채 할 말을 잃었다. 어이가 없었다. 할머니는 음흉하게 모른 척하고 계셨던 것이다. 할머니께서 말씀을 이으셨다.

"니가 꽁하고 있으면 너도 똑같은 소인배고, 쫌보고, 니가 마음을 탁 터놓고 별거 아닌 거 갖고 속상하지 말자, 그렇게 내비두면 니가 바로 사내대장부고 형식이 애비는 쫌보가 되는 거여."

"알었슈."

마당 한가운데에는 화톳불이 일렁이고 있었다. 동네 사람들은 화톳불을 중심으로 빙 둘러서서 상의했다. 눈 때문에 도저히 상여를 메고 갈 수 없으므로 좋은 묘안이 없겠느냐는 말이었다. 그제도 빡빡하게 흰 눈이 쏟아지고 있어 화톳불 쪽만 눈이 녹았을 뿐 마당은 물론이고, 사람들까지 반쪽은 눈사람이 돼 있었다.

지붕에도 흰 눈이 두텁게 얹혀 있어 그 무게로 약간 갸우뚱 기울어져 있었다. 다행히 굵은 고드름들이 땅에까지 닿아 그것들이 기둥 역할을 하고 있어 무너지지는 않았다. 윗뜸 방앗간 머슴 광효아저씨가 그 옆을 지나가다 고드름 하나를 발로 툭 찼다. 고드름이 부러지면서 지붕이 흔들리자 그가 소리쳤다.

"서울양반이 죽는다!"

그러자 화톳불 주위에 둘러서 있던 동네 사람들이 일제히 껄껄거리고 웃었다. 방죽안양반이 한마디 했다.

"이 사람아, 서울양반이 죽어서 우리가 여기 왔잖여."

흔들리는 지붕 처마를 두 팔로 떠받치고 있던 광효아저씨가 그제야 히쭉 웃으며 놓았다. 지붕은 조금 더 흔들리다 그대로 있었다.

광효아저씨가 동네 사람들에게 다가와 낄낄거리며 말했다.

"히히힛, 스케또(썰매)를 달면 될 거 아닌가베."

그 말에 사람들은 모두 좋다고 동의했다.

나는 양동이 쇠테를 잘라 박은 썰매를 마루 밑에서 꺼냈다. 준식이꺼보다 훨씬 예쁜 거였다. 썰매에다 붓으로 꽃그림을 그리고 그 밑에 이렇게 써 놓았다.

'귀동이꺼'.

"아버지가 만들어 준 것이니께 신나게 타고 오너라"

할머니가 말씀하셨다.

"예."

대답하면서 옆을 보니까 투구를 쓴 어른이 나를 향해 빙긋이 웃고 있었다. 까치나라 대장임이 틀림없었다. 수염을 기르고 있어 왕밭뜸 산적아저씨와 비슷했다.

쇠막대 브레이크가 달린 준식이의 신식 썰매는 물론, 온 동네 아이들의 썰매를 죄다 가져다 상여 다리에 묶었다. 그리고는 서울양반을 꽃가마에 태웠다.

"이제 가면 언제 오나"

광효아저씨가 요령을 흔들며 앞소리를 했다.

"어허이, 어헤"

상여꾼들이 구성진 목소리로 뒷소리를 받으며 한발 한발 꽃가마를 밀고 나갔다.

참나무박이에 이르자 그 다음부터는 비탈길이었다. 사람들은 우두두두, 소리치며 꽃가마가 그대로 빨리 미끄러지지 않도록 뒤에서 잡아당겼다. 그러면서 하나둘씩 상여에 올라탔다. 맨 나중에는 내가 올라탔다. 광효아저씨가 준식이 썰매의 브레이크를 놓자 상여는 삐이십구 비행기처럼 빠르게 비탈을 미끄러져 내려갔다. 나는 겁이 났다. 오줌이 마려웠다.

"아저씨, 너무 빨러유!"

내가 소리치며 브레이크를 잡자 끼익, 소리를 내며 속도가 조금 줄어들었다.

광효아저씨가 다시 요령을 흔들며 앞소리를 했고, 사람들이 뒷소리로 받았다.

명사십리 해당화야 꽃 진다고 설어마라ー
어허이 어헤, 으흐이 어헤ー

상여는 울긋불긋 화려한 보장(寶藏)을 펼치고, 명정과 앙장이 덩실덩실 춤을 추며 신명나게 비탈길을 미끄럼타고 내려갔다.

　　이윽고 상여는 상여꾼들을 태운 채 시루봉 기슭에 있는 소나무숲에 이르렀다. 솔묏양반네 워리만한 까치 한 마리가 독수리처럼 날개를 커다랗게 펼치고 숲 사이에서 날아왔다. 그러더니 상여에 꽂힌 붉은 꽃송이 하나를 잽싸게 뽑아 물고 숲속으로 달아났다. 그 까치는 무리 중에 왕인 듯 머리에는 여러 색깔의 구슬이 달린 반짝이는 금관을 쓰고 있었다. 그것을 신호로 일시에 무수한 부하 까치들이 하늘을 새까맣게 덮으며 날아오더니 상여에 들러붙어 경쟁적으로 꽃송이를 뽑아 물고 숲속으로 달아났다.

　　그때, 꽃가마 뚜껑이 옆으로 젖혀졌다. 이어 삼베필로 칭칭 감긴 기다란 물체가 벌떡 솟아올랐다. 감겨 있던 삼베필이 옥수수 껍질처럼 훌훌 벗겨졌다.

　　할아버지! 서울할아버지였다!

　　삼베 껍질을 벗은 서울할아버지가 말했다.

　　"자왈 위선자는 천보지 위복하고 위불 선자는 천보지 이화니라."

　　숲속에서 까치들이 까악깍거리며 시끄럽게 우짖었다. 까치들은 나보다 무식해서 '천보지 위복하고' 할 때, 그 말을 욕으

로 알아듣고 항의하고 있었다. 하얗던 눈밭은 까치들이 달아
날 때 떨어뜨린 꽃 이파리로 빨갛게 물들어 갔다. 주위를 둘러
보았다. 아무도 없었다. 할머니도 동네 사람들도 어디론가 모
두 가버려 혼자였다.

"할머니, 무서워!"

소리치며 벌떡 일어났다. 방 안이 어두컴컴했다. 그러나 밤은
아니었다.

아랫도리가 척척했다.

삼천리 금수강산

빨갱이는 머리에 뿔이 있고
송곳니 두 개가 길게 입술 밖으로 튀어나와야 하는데,
할아버지는 그런 모습하고는 멀었지 않는가.

서울할아버지가 돌아가시고 난 뒤로 묘숙이와 나는 자주 만나지 못했다. 묘숙이와 만날 수 있는 가장 확실한 곳은 서울할아버지 서당이었는데, 그 장소가 없어지면서 만날 기회가 없었다. 그렇다고 묘숙이를 만나기 위해 구장네 집 앞에서 매일 서성일 수는 없었다. 그건 사내대장부가 할 짓이 아니었다.

한편 묘숙이는 어땠는지 모르지만, 나는 나름대로 바빴다.

할머니와 장날마다 장에 가서 채소를 팔았다. 그리고 돌아와서는 할머니께 칭찬을 받기 위해 명심보감 배운 데까지 소리 내어 읽고 또 읽곤 했다. 아니, 외운 것을 되풀이하여 읊조렸다.

당시 내가 빠졌던 취미가 한 가지 더 있었다. 할머니가 시집올 때 가져오신 빗집에서 서랍을 빼내고 그것에 검정 고무줄을 예닐곱 바퀴 칭칭 감은 후 고무줄을 늦추고 당기고 하여 음을 맞췄다. 그러고는 그것을 튕기며 노래를 했다. 〈아리랑〉이라든가 〈노들강변〉 같은 민요는 단조로워 아주 쉽게 연주하며 노래를 할 수 있었다. 그러나 유행가는 소리를 다 낼 수 없는 경우가 많아 그때는 튕기는 대신 여러 줄을 동시에 긁어 박자를 맞추며 노래를 하곤 했다.

그것 말고도 나는 혼자 놀 수 있는 취미를 하나 더 갖고 있었다. 활쏘기였다. 사실은 화약총을 갖고 싶었지만 할머니가 사주시지 않았으므로 동네 형과 할머니의 도움을 받아 활과 화살을 만들었다. 활은 대나무와 노끈으로 만들었다. 화살은 수수대로, 화살촉은 대나무 토막을 박은 것이었다. 할머니는 화살촉을 뭉툭하게 만드셨다.

"할머니, 뾰족해야 참새도 잡고 꿩도 잡지유."

내 말에 할머니는 어렸을 때의 경험담을 말씀해주셨다. 할머니와 동갑인 머슴애였는데, 어른들이 활을 만들어 주었더니 말아놓은 멍석에 동생을 불러와 화살이 어떻게 날아가는지

보라며 들여다보게 하고 반대쪽에서 활을 쏘아 화살이 동생의 한쪽 눈에 박혔다고 했다.

"그 동생은 애꾸가 됐지."

내 눈에 화살이 박히는 느낌을 받으며 나는 으르르 진저리를 쳤다. 그래서 아예 화살촉을 헝겊으로 싸달라고 했다.

6월하고도 중순쯤, 장마철이 시작되려고 후덥지근하던 어느 날 묘숙이를 만났다. 묘숙이는 예전처럼 나를 반기지 않는 것 같았다.

"그동안 뭐했어?"

내가 먼저 말을 걸었다.

"그냥. 책 읽었어."

"무슨 책?"

"동화책."

나는 동화책이 무엇인지 알고 있었다. 서울할아버지께서 《이솝이야기》라는 책을 읽게 하셨는데, 그곳에는 흑백으로 된 그림들이 아주 재미있게 그려져 있었다.

"이솝이야기?" 하고 내가 아는 척했다.

"그딴 건 서울에서 다 읽은 것들이야."

난 기분이 상했다. 그래서 아무 말 하지 않았다. 장마철을 앞두고 날이 후덥지근하여 나는 양쪽 솔기에 세로로 흰 줄이

두 개 있는 검정 반바지에 밤색 러닝셔츠 차림이었다. 묘숙이는 반팔 핑크색 원피스를 입고 있었는데 참 예뻤다. 인형 같았다. 그에 비해 내 차림은 볼품없어 창피하기도 했는데, 창피한 마음이 들 때마다 나는 속으로 읊조렸다. 나는 우리 집 대들보고 사내대장부다! 그깟 옷, 이러면 어때!

누가 먼저 그 말을 꺼냈는지는 모르지만, 우리는 할아버지 얘기를 나누며 행길을 걷고 있었다.

"할아버지는 서울에서 왜 내려오셨대?"

내가 물었다.

"깜빵에 계셨대."

"깜빵이 뭐여? 간빵 만드는 곳?"

"으이그 바보. 죄를 지은 사람들 붙잡혀 들어가는 곳 말야."

"아, 감옥소!"

내 말에 묘숙이는 기분이 나쁜지 잠깐 뾰로통했다. 나는 말을 이었다.

"감옥소에서 일했대?"

"아니. 거기에 갇혀 계셨대. 빨갱이로 몰려."

나는 빨갱이라는 말은 자주 들어서 잘 알고 있었다. 빨갱이는 머리에 뿔이 있고 송곳니 두 개가 길게 입술 밖으로 튀어나와야 하는데, 할아버지는 그런 모습하고는 멀었지 않는가.

"할아버지가 왜 빨갱이여? 뿔도 없는데?"

묘숙이는 한심하다는 듯 나를 이윽히 쳐다보더니 말을 돌렸다.

"가게 가자. 나 돈 있어."

"나도 있어."

하고 나는 자부심을 가지고 당당하게 말했다. 꼬깃꼬깃 접은 십 환짜리 다섯 장을 반바지 호주머니에서 꺼내 흔들어 보이며 덧붙였다.

"유과 사줄게.

가게에 유과가 없어 대신 비과와 캐러멜을 사고 주머니에서 돈을 꺼내려고 하는데 묘숙이가 먼저,

"나 돈 있다니까!"

화내듯 말하고는 백 환짜리를 내어주고 잔돈을 거슬러 받았다.

나는 자존심이 너무 상했다. 대장부가 여자한테 얻어먹는다는 것은 참을 수 없는 일이었다. 그때 내 눈에 오징어가 들어왔다. 오징어는 선반 중간에 열 마리씩 축으로 묶여 삼 층으로 쌓여 있었다. 그리고 두 마리는 가장 아래 선반 앞에 놓여 있었다. 그 옆에는 파리약을 품는 품약기와 약병 두 개가 있었는데, 하나는 자빠져 있고 다른 하나는 세워져 있었다. 나는 그 오징어를 집어 들고 마침 주전자에 막걸리를 담고 있는 병관이 할아버지에게 물었다.

"이 오징어 얼마유?"

"두 마리 남았으니께 오십 환만 내라."

오징어를 들고 돈을 내려 하는데,

"여기 있어요."

묘숙이가 또 할아버지에게 돈을 건네고 있었다.

"나도 돈 있는데……."

"나는 더 많아. 엄마가 많이 보냈거든."

하면서 묘숙이는 가게 문을 앞서 나섰다.

나는 오징어를 들고, 묘숙이는 비과와 캐러멜을 들고 우리가 자주 갔던 동산 소나무숲 쪽으로 향했다. 그곳 묘지에는 잔디가 융단처럼 부드럽고 푹신하게 깔려 있었다. 묘숙이가 원피스 자락을 아무리며 묏동에 앉았다. 나도 옆에 막 앉는데 툭하니 이런 말을 던졌다.

"나 미국 간다."

갑작스럽게 묵직한 말덩어리로 머리통을 맞아서 무슨 뜻인가 어리둥절했다. 묘숙이는 캐러멜 곽을 찢으며 덧붙였다.

"미국 간다구 미국!"

"미국? 누구랑?"

"엄마랑!"

"제니는?"

"당연히 같이 가지 인마!"

묘숙이가 갑자기 화를 내며 대꾸하는 바람에 나는 입을 꾹

닫고 눈치를 살펴야 했다. 앞만 보고 화를 삭이느라 식식거리
더니 숨소리가 차분해지며 나를 돌아보았다.

"미안."

"응, 거시기……."

"새아빠가 미국으로 가니까 따라가야 한대. 지아이거든."

"쥐, 아이?"

"미국 군인보고 지아이라고 그래."

나는 묘숙이의 얼굴을 자세히 살폈다. 저렇게 예쁜 묘숙이가
미국에 간다. 그러면 커서 미국 사람이랑 결혼할 것이다. 그러면
어떻게 되지? 그러면 눈이 파랗고 노랑머리에 털이 숭숭난 아이
를 낳을 것이다. 고양이 같을 것이다. 고양이 같은 아이를 데리고
우리 동네에 와서 나를 찾을 것이다. 사람들이 와, 사람고양이가
왔다! 소리치며 골릴 것이다. 나는 창피해서 도망가야겠다. 어떻
게 고양이 같은 아이를 업고 온 묘숙이를 아는 체할 수 있을까?

"왜 말이 없어?"하고 묘숙이가 채근했다.

"응, 거시기……."

"여긴 시골이라 그런데, 서울에서는 미국에 간다면 좋아하
는 사람 아주아주 많아."

"왜?"

"미국은 부자 나라니까. 부자 나라로 이사 가면 부자가 되
잖아?"

나는 그 말에도 혼동이 왔다. 형들이나 누나들이 부르는 노래를 들으면 우리나라는 삼천리강산, 세계에서 가장 아름다운 금수강산이며 미국 다음으로 잘사는 나라로 생각했었다. 그런데 굳이 미국에 가서 살아야 하나? 미국이 우리보다 조금 더 부자라고 해서, 그게 잘사는 걸까? 그렇게 키가 엄청 크고 눈이 푹 들어가고 배가 튀어나온 사람들하고 같이 살면 기분 좋을 때가 없을 것 같았다. 혹시 싸움을 하더라도 질 게 뻔하고, 그들이 화를 내면 무서워서 마구 도망가야 할 것이었다. 우리 동네에 다른 동네 아이들이 놀러오면 우리가 약올리고 놀려먹다가 까불면 여럿이서 패버리듯이 그 사람들도 우리나라 사람이 그곳에 가면 그렇게 텃세를 할 것 같았다. 그래서 절대로 좋다고 생각되지 않았다.

묘숙이가 말을 이었다.

"미국 사람들은 집집마다 차가 한 대씩 있대."

그 말은 충격이었다. 우리는 어쩌다 한 번 구경밖에 할 수 없는 차를 미국 사람들은 집집마다 한 대씩 가지고 있다는 게 거짓말 같았다. 묘숙이는 이어 말했다.

"그리고, 미국 사람들이 우리나라에 원조를 해줘서 우리가 굶어죽지 않고 살고 있는 거래."

"원조가 뭐여?"

"양아치한테 꿀꿀이죽 같은 거 먹으라고 주는 것, 그런 걸 말해."

"양아치? 꿀꿀이죽은 또 뭐여?"

전에도 그랬지만, 묘숙이의 말 중에 생소한 말들이 너무 많아 잘 알아듣지 못할 때가 적지 않았다. 어떨 땐 미국 사람 말을 하는 것으로 여겨질 때도 있었다. 묘숙이의 설명이 있고 나서야 나는 비로소 그 말의 뜻을 알아차렸다.

"그러니까 그지한테 동냥을 주는 것 같이 미국 사람늘이 우리에게 동냥을 줬다는 말이구먼?"

"그렇지."

"그럼 우리는 그지네?"

"그런 거지."

삼천리강산 금수강산에 살고 있는 나에게는 화가 나는 말이었다. 그 말은 마치 내가 대장부이고 우리 집의 대들보라는 말을 누군가가 거짓말이라고 말하는 것과 같은 충격이었다. 그러나 그 문제로 묘숙이와 입다툼은 하고 싶지 않았다. 그보다 중요한 말이 따로 있었다.

"미국 갔다가 언제 와?"

묘숙이가 갑자기 내 양쪽 귀를 잡고는 내 눈을 깊숙이 들여다보면서 나직하게 말했다.

"안 올지도 몰라."

"안 와? 그럼 거기서 시집가구?"

"그렇겠지."

"미국 사람이랑?"

"그렇겠지."

"그럼, 사람 고양이……."

나는 움찔하며 뒷말을 사려서 꿀떡 삼켰다. 잘못하다간 묘숙이가 엄청 화를 낼 것 같았다. 묘숙이는 그 큰 눈을 더 크게 치떠 내 얼굴을 빨아먹을 듯이 바라봤다.

"사람 고양이?"

"거시기, 미국 사람들은 고양이 잡아먹어?"

"아니. 고양이를 무척 좋아해. 그런데 웬 고양이?"

비로소 나는 어려운 말수렁에서 빠져나올 수 있었다.

"그럼 다시는 안 오는 거여?"

"영원히. 거기서 늙어 죽을 테지."

"왜?"

"엄마가 오지 않는대. 죽어도 미국에서 죽는댔어."

안 와? 안 와? 나는 몇 번이나 그 말을 되뇌었다. 묘숙이는 내 말에는 더 이상 대꾸하지 않고 비과 껍데기를 벗긴 후 알맹이를 내 입에 넣어주고 다른 하나는 제 입에도 넣었다. 그러고는 말을 돌렸다.

"서울에 가면 화신백화점이라고 있는데, 그곳에 가면 물건이 이 산만큼 쌓여 있어."

"집이 엄청 크겠네?"

"육층으로 되어 있어. 아니, 칠층인가? 너 칠층집 봤어?"

"아니, 읍내에서 이층은 봤어."

"애개, 그런 건 새발에 피야."

"새발에 피?"

"아주 조금이라는 말이야. 아무것도 아니라는 말이지."

그런저런 이야기를 나누다 보니 어느새 비과와 캐러멜은 곽과 껍질만 남아 있었다. 그래서 이번에는 오징어를 찢어 먹으며 말을 나누었다. 오징어에서 약간 구역질나는 꽃향기 같은 냄새가 났지만 오징어의 그 짭짤하고 들큰한 맛이 그런 향기쯤 금방 무뎌지게 했다. 또한 우리들의 이야기가 진지했기 때문에 오징어를 찢어 먹는 것은 마치 입은 입대로 심심해서 씹는, 그냥 껌 씹는 행동에 지나지 않았다.

서울 이야기를 하던 묘숙이가 갑자기 구역질을 하며 먹던 오징어를 퉤퉤, 뱉어내고는 반 마리쯤 남은 오징어를 나에게 주었다. 그러고는 표정을 굳히며 물었다.

"나한테 누나라 부른다고 약속한 적 있지?"

"전에 몇 번이나 했잖아?"

"그랬지."

"근데, 왜?"

"암튼, 누나, 다시 해봐."

"누나."

나는 별 생각 없이 말했다.

"됐어"하고는 내 눈을 똑바로 보며 혼잣말처럼 말을 이었다.

"넌 눈이 참 예뻐."

나는 묵묵히 묘숙이의 얼굴만 바라보았다. 묘숙이가 약간 머뭇거리더니 말했다.

"다시 누나, 그래봐."

"누나."

"그럼, 사랑해. 그래봐."

잠시 머뭇거렸다. 그러다,

"사랑해"하고 나는 어쩔 수 없이 말했다.

그러고는 수줍어 눈길을 피했다. 양볼이 불에 덴 것처럼 화끈했다.

"누나, 사랑해. 또 해봐."

"아까 했잖아!"

"다시, 누나 사랑해, 그래 보라구."

나는 할 수 없이 하라는 대로 했다.

"누나, 사랑해."

말이 끝나자마자 내 입술에 묘숙이의 입술이 닿아 있는 것을 알고는 기급을 했다. 비키려고 했지만, 그러나 묘숙이는 내 양쪽 귀를 찢어져라 꽉 잡고 입을 맞췄으므로 꼼짝할 수가 없었다.

붙잡고 있던 내 귀를 놓고 묘숙이는 뒤로 벌렁 누우며 킬킬킬 웃었다. 그때쯤 나는 이제는 묘숙이가 다시 입을 맞춘다면 나도 같이 그럴 수 있다고 생각됐다. 그런 생각을 하며 나도 잔디 위에 벌렁 누웠다.

내가 윗몸을 일으키며 물었다.

"누나! 미국 가면 정말 우리나라에 오지 않는겨?"

"못 온다니까!"

하고 목소리를 높이며 묘숙이도 윗몸을 일으켰다.

"그럼 나는 어떡하구?"

"다른 누나를 구해야겠지. 그리고 미국에 가서도 편지는 할 수 있대. 내가 편지하면 되지."

"꼬부랑 글씨는 못 읽는데?"

"한글로 쓸 거야. 나중에 영어로 쓰게 되면 그때 영어 가르쳐 줄게."

"영어가 뭐야?"

"미국말."

"아, 알었어. 알었어."

앞에 있는 사람이, 아니 누나가, 내가 외로울 때면 쉽게 만날 수 있던 묘숙인데 다시는 못 본다는 게 조금씩 느껴지기 시작했다.

나에게는 그때까지 서울할아버지 빼놓고 영원히 못 볼 대상은 없었다. 아버지는 까치나라 대장으로 계시니까 언젠가는 오실 것이었다. 까치나라가 없다는 사람들이 있지만 그건 그들의 말이었다. 할머니께서, '어딘가는 살아있어. 네 아버지는 그렇게 호락호락 죽을 인물이 아녀'라고 하신 말씀만 봐도 어딘가에 살아계신 것은 확실한 것이고, 그곳이 바로 까치나라가 틀림없었다. 그것 말고 다른 말이나 생각은 나에게 없다고 생각했다. 그렇게 억지로 생각하고 있었다. 그러면 그런 것이다. 엄니는 요양소에서 병이 나아 퇴원하면 만날 수 있다. 그런데, 묘숙이는 살아있는데도 앞으로 한 번도 만나지 못한단다. 그건 아무리 생각해도 말이 안 되었다.

그런 생각에 이르자 골머리에 흙 같은 게 빡빡하게 들어찬 것 같이 정신이 몽롱해졌다. 나는 고개를 털었다. 그러고는 내 마음을 솔직하게 털어놓았다.

"나 참말로……참말로"

막상 내 혀가 빨리 움직여주지 않았다.

"참말로, 뭐?"

묘숙이가 제 얼굴을 내 얼굴에 바짝 들이대며 다그쳤다. 침을 꿀꺽 삼키고 가까스로 말을 이었다.

"참말로, 나 크면 누나한테 장가가려고 했어."

묘숙이 갑자기 내 머리를 제 가슴에 쓸어안고는 말했다.

"너도 그랬니? 나도 그런 생각 한 적 있어."

"보고 싶으면 어떡혀?"

"나도 많이 보고 싶을 거야."

말끝에 묘숙이는, 아니, 누나는 울었다. 나도, 내가 김씨 가문의 대들보이며 대장부이므로 울지 말아야 한다고 외치면서도 끝내 울고 말았다. 울음이란 고구마줄기 같아서 일단 줄기가 뽑혀지면 울음덩어리들이 고구마뿌리처럼 주렁주렁 매달려 올라오기 마련이었다. 울음이 복받쳐 머리가 어지러웠다. 그리고 구역질이 났다. 묘숙이는 나보다 더한 것 같았다. 묘숙이가 먼저 토했다. 나도 토했다. 먹었던 비과며 캐러멜, 오징어 등을 모두 토해냈다.

"어지러워!"

허리를 굽혀 토하고 난 묘숙이가 일어나다가 비틀거렸다. 나도 어지러웠지만 참을 만하여 묘숙이가 걷도록 옆에서 도왔다. 나까지 금방 쓰러질 것 같았다. 우리는 어깨동무를 하고 비척비척, 섰다가 가까스로 걷고 하여 신작로까지 나왔다. 마침 솔가지를 실은 달구지가 지나가고 있었다.

"아저씨, 누나가 죽을라고 해요. 아저씨, 살려줘유."

아저씨가 달구지를 세웠다. 묘숙이를 달구지 위에 싣고 내가 기어오르도록 부축하면서 아저씨가 어디 사느냐 물었다. 나는 대답할 힘도 잃어 바로 앞에 펼쳐진 동네를 가리키고는 그대로 기절해버렸다.

엄니

하지만 마음속으로 나는 얼마나 많은 시간,
얼마나 많이도 상상으로만 엄니의 품 안에 안기고
이불 속에서 이야기를 나누었던가.
그 엄니가 나를 내려다보고 있었다.

  엄니의 젖꼭지가 내 입 속에 있고, 내 목은 동아줄에 매달
려 있었다. 눈앞에 백 환짜리 한 장도 새끼줄에 매달려 있었다.
자꾸만 숨이 막히고 곧 눈알이 총알처럼 뽕 튀어나갈 것 같았
다. 머리는 누군가가 도끼를 박아놓고 옆으로 젖히는 것처럼
아팠다. 언뜻 내다보니 내 앞에 핑크색 원피스를 입은, 이미 처
녀가 되어 파마머리를 한 묘숙이가 서 있었다. 그 옆에는 사냥

총을 멘 노랑머리의 서양인이 파란 눈으로 나를 노려보고 있더니 갑자기 어깨에 멨던 총을 벗어 나를 향해 겨눴다. '살려 줘!' 외쳤지만 목소리는 나오지 않았고 목이 매달린 내 몸뚱이가 마구 흔들리기만 했다. 나는 입에 물린 엄마의 젖꼭지를 뱉었다. 그러고는 백 환을 돌려주었다고 말하고 싶었다. 그러나 엄마가 자꾸만 내 입속에 젖꼭지를 물리고 있어서인지 나는 어찌할 바를 몰랐다. 엄마는 자꾸만 말했다. '물어! 내가 널 돌보지 못해서 넌 도둑이 된 거여. 물어! 물어뜯어! 물어뜯으라구!'

"싫어!"

소리치며 눈을 떴다. 이마가 섬짓했다. 축축한 것이 비가 오는 것으로 느껴졌다. 등잔불이 희미하게 비치고, 나머지는 어둠이었다. 고개를 옆으로 돌리자 할머니가 나를 내려다보고 계셨다. 내 이마에는 물수건이 얹혀 있었다.

"어이구, 우리 대들보님이 깨어나셨구먼. 어디가 어떻게 아프신가? 어떻게 아프신겨?"

할머니가 목멘 소리로 계속 물으셨다. 대답을 하려 했는데, 입술이 떨어지지 않았다. 자꾸만 속이 매슥거리더니 토하고 싶어졌다. 구역질을 했지만 저 안에서 요동치는 그 무엇은 목구멍으로 넘어오지 않았다. 이윽고 등잔불이 흐릿해지더니 잠이 왔다. 할머니가 뭐라고 자꾸 말씀하셨지만 무슨 소린지조차

211

듣고 싶지 않았다. 그냥 자고만 싶었다.

또 목이 졸려왔다. 숨을 쉴 수가 없었다. 이제는 온몸이 마디마디 송곳으로 콕콕콕 찌르듯이 아팠다. 아퍼! 아퍼! 소리치려 했지만 목이 졸려 소리가 나오지 않고 대신 구역질이 터졌다. 내 앞에는 엄니의 젖꼭지가 놓여 있었다. 그 피로 범벅된 엄니의 젖꼭지 때문에 구역질이 나는 것일까. 엄니는 울고 있었다. 그 옆에 얼굴의 반이 수염으로 덮인 군인아저씨가 엄니의 어깨를 끌어안고 나에게 손가락질을 하며 뭐라고 마구 소리쳤다. 나쁜놈! 나쁜놈! 그러는 것 같았다. 그때 할머니의 목소리가 또렷이 들려왔다.

느이 애비란다. 느이 애비여!

나는 아부지! 외쳤다. 아부지, 보고 싶었어요. 언제 왔어요? 그렇게 다른 아이들처럼 소리쳤다. 아버지는 나를 향해 손가락질을 하며 뭐라고 자꾸 말씀하셨다. 그 옆에는 엄니보다 키가 더 커버린 묘숙이가 그러는 아버지의 손을 잡고 마주 대들고 있었다.

"귀동아, 할머니 보여? 할머니 알아보겠어?"

눈을 떴다. 안갯속처럼 흐릿했다. 눈을 끔벅이자 할머니의 모습이 어렴풋이 드러났다.

"귀동아, 정신 차려. 나 알아보겠어?"

예, 대답하고 싶었다. 그러나 입이 떨어지질 않았다. 할머니,

왜 그래요? 그렇게 묻고 싶었지만 입이 말을 듣지 않았다.

"귀동아, 이 할미 안 보여?"

'보, 보여요……. 보여요!' 그 말을 거푸 뇌였지만 말소리가 나가지는 않았다.

"뭐라고?"

'할, 할머니……. 할머니!' 그렇게 불렀는데도 할머니는 계속 물었다.

"뭐라고? 내 말 들려?"

나는 입이 떨어지지 않는다는 것을 알았다. 말은 할 수 없지만 알아들을 수는 있다는 표시를 하고 싶었다. 고개를 끄덕였다. 두 번 세 번, 거푸 시도했다.

"귀동아, 내 말 들리지?"

나는 고개를 끄덕였다. 끄덕이는 게 느껴졌다.

"그래, 듣는구먼. 쫌 있으면 네 엄마도 올 거다. 내 말 들려?"

나는 고개를 끄덕였다. 엄니가 온다. 그럼 묘숙이는? 묘숙이는요? 애써 입을 움직였지만 할머니는 같은 말만 되풀이했다.

"내 말 들려? 무슨 말인가를 해봐. 말 좀 해보라구!"

그러나 할머니의 모습은 물론 할머니의 외침마저 멀어지면서 나는 편안한 잠에 빠져들었다. 어렴풋이 낯익은 목소리가 두런두런거리는 소리, 그릇 따위 딸그락거리는 소리와 함께 들리면서 팔이 뜨끔하더니 뻐근하게 느껴졌다. 그 뻐근함마저 조금씩 희미해지고, 참 편안한 잠으로 빠져드는 게 느껴졌다. 참 편안했다. 귀로 듣는다기보다 가슴으로 느껴지는 목소리가 들려왔다.

"귀동아, 귀동아, 엄니여. 엄니 목소리 들려?"

엄니, 엄니였다. 엄니! 크게 외치고 싶었다.

"엄니!"

그렇게 소리쳤는데, 끼익, 우리 집 부엌 돌쩌귀에서 나는 소리가 내 귀로 돌아왔다.

"그려 그려. 소리쳐봐. 목소리 좀 더 내봐."

할머니 목소리였다.

"귀동아!"

엄니의 목소리에 이어 으흐흑, 흐느끼는 소리가 뒤따랐다.

엄니, 엄니!

폐병버러지 옮을까봐 같이 자지도 못하고 가까이서 말도 제대로 나누지 못했던 엄니가 나를 내려다보고 있었다. 하지만 마음속으로 나는 얼마나 많은 시간, 얼마나 많이도 상상으로만 엄니의 품 안에 안기고 이불 속에서 이야기를 나누었던가. 그 엄니가 나를 내려다보고 있었다.

"엄니!"

끼익, 하고 부엌 돌쩌귀소리로 되돌아왔다.

엄니가, 엄니가 얼굴을 내 볼에 대고 부볐다. 내 몸이 흔들리도록 흐느끼셨다.

엄니가, 우리 엄니가!

참 좋다. 이렇게 좋은 걸.

우리 엄니!

몸이 나른해지며 나는 자꾸만 눈이 감겼다.

붉은 얼굴에 노랑머리, 푹 들어간 파란 눈이 나를 노려보았다. 몸이 자꾸만 떨렸다. 커다란 저 털복숭이 주먹으로 나를 한 대만 때려도 그대로 죽을 것 같았다. 서양인은 묘숙이를 등 뒤로 감추고 팔을 새 날개처럼 펄럭이며 뭐라고 마구 소리쳤다. 묘숙이가 서양인 뒤에서 고개를 내밀고 손을 내밀었다. 나 좀 데려가 줘. 나 좀 데려가 줘. 그렇게 말하고 있었다. 그러나 두려워서 꼼짝하지 못했다.

그때 서울할아버지가 옆문에서 들어오셨다. 나를 보고는 손가락질을 하며 소리치셨다.

넌 쫌보냐! 호연지기! 왜 가르쳤는데 몰라! 바보 멍청이냐!

그러고는 들고 있던 종이를 펼쳤다. 지붕 위에 날아오른 수탉이 거기 있었다.

이 수탉이 울면 너도 따라 울어라. 알았냐.

수탉이 하늘을 향해 목을 쭉 뺐다.

꼬끼오.

215

나도 따라 꼬끼오! 소리쳤다.

봐라. 저기 도망가지 않냐.

진짜로 서양인이 마구 달아나고 있었다.

다시 울어.

나는 목을 쭈욱 빼고 울었다.

꼬끼오!

"귀동아, 정신 차렸어?"

나는 눈을 떴다. 할머니의 모습이 확연히 들어왔다. 청진기
를 목에 건 흰 가운의 의사아저씨도 나를 내려다보고 있었다.

"귀동아, 내가 누구여?"

할머니가 당신 가슴을 가리키며 물었다.

"할머니요."

"아이고, 우리 귀동이! 이제 말을 하네, 말을 해!"

지붕 위로 날아오른 수탉

이 나이 되도록 살아오면서 터득한 인생의 진리가 있다.
그것은 내가 어쩌지 못하는 부분이 있다는 것을 인정해야 한다는 것이다.
어떤 이는 운명이라고 하고 어떤 이는 신의 몫으로 규정해 놓을 뿐이다.

이레 만에 집으로 오던 날, 방앗간 앞에서 병원차가 잠깐 멈
췄다. 사람들이 몰려들어 한마디씩 놓았다.

"아이고, 대가 끊길 뻔했는디, 살아나 다행이구먼. 하늘이 도
왔어."

"암, 하늘이 도왔지. 천운여, 천운."

"미군부대 약 아니면 벌써 죽었지."

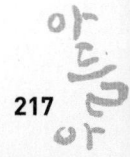

나는 어른들의 말이 무엇을 뜻하는지 알아먹을 수가 없었다. 그러는 중에 내 귀를 의심할 말이 튀어나왔다.

"묘숙이는 어쩐디야?"

"묘숙이가 쟤 살리고 지는 먼저 간 거지 뭐."

나는 벌떡 상체를 세우고 차창 밖으로 고개를 내밀었다. 가까스로 안정되었던 뱃속이 갑자기 거북스러워지며 구역질을 했다. 급히 물었다.

"뭔 말이어요?"

"천운이라고."

"천운이 뭐여요?"

"파라치온인가 그거, 농약 묻은 오징어."

이어 다른 어른들이 나누어 말을 이었다.

"묘숙이하고 같이 먹고 너만 살아남은겨."

"누가 얘기 안 해주던?"

할머니가 차창을 쾅 닫고 기사아저씨에게 빨리 가자고 하면서 내 눈치를 살폈다.

"나 내릴겨 할머니. 내릴겨!"

나는 몸부림쳤다. 아니, 몸부림치며 울다 기절했다.

내가 정신을 차렸을 때는 우리 집 안방, 빨간 자동차와 노란 배 무늬가 찍힌 낯익은 내 소청 요 위에 뉘어 있었다. 윗목

천장에는 성주가 매달려 있고, 어느 국회의원이 준 달력이 북쪽 창문 옆에 걸려 있었다. 백두산에서 태극기를 날리는 국군 아저씨의 달력 그림도 '북진통일'이라는 글씨도 그대로였다.

"어이구, 깨어났구나. 힘들었지?"

할머니는 안 계시고, 둘째 외삼촌과 막내 외삼촌이 옆에 앉아 있었다. 포마드 냄새가 또 속을 울렁거리게 했지만, 참을 만했다.

"묘숙이가 죽었다구요?"

"그 애가 묘숙이구나. 그래, 너랑 같이 농약 묻은 오징어 먹고 잘못됐다는구나."

말끝에 두 외삼촌은 눈으로 무슨 의견을 나누는 것 같았다. 막내 외삼촌이 이어 말했다.

"그래, 다 말해줄게. 묘숙이 걔도 병원에 실려갔단다. 너보다 먼저. 그리고 독극물 중독이라는 진단이 나왔는데 읍내에는 해독제가 없었단다. 그래서, 그래서……."

둘째 외삼촌이 다음 말을 이었다.

"그 애, 묘숙이 이모가 서울 묘숙이 엄니한테 연락을 했고, 그러면서 묘숙이 엄니와 살고 있는 미군이 부대에서 해독제를 구해 급히 보내왔단다."

독극물이라든지 해독제 따위의 단어가 정확히 이해되지는 않았지만 대강 쥐약 먹고 죽은 쥐를, 잡아먹고 죽은 도둑고양이 같은 경우일 거라고 짐작할 수 있었다.

그런데 나는 살고 묘숙이는 죽었다니! 묘숙이가 죽었어? 죽었으면 땅에 묻히는 건가? 그러면 다시 볼 수 없다? 쥐약 먹고 죽은 쥐를, 그걸 다시 잡아먹은 도둑고양이가 수채구멍에서 죽었는데, 구더기가 득실거렸었다. 냄새도 엄청나고, 징그러웠다. 그러면 묘숙이도 그렇게 변하겠지? 핑크색 원피스를 입고, 하얀 피부에, 눈이 까만 묘숙이의 모습이 죽은 고양이의 모습과 겹쳐지면서 끝내 나는 토하고 말았다. 토할 것도 없는데, 쓴물이 올라왔다. 그것과 울음이 합쳐져 터져 나왔다. 쓴물이든 울음이든 실컷 게워지도록 내버려 두었다.

그리고 나서야 아버지의 죽음, 엄니의 불안한 부재, 할머니와 단둘이 살고 있는 외로움, 그런 것들이 한겨울의 이불처럼 무겁게 나를 덮었다. 이제는 우리 가문의 대들보, 사내대장부 따위의 자부심이 싫었다. 그래서 그냥 다른 여섯 살 이쪽저쪽 내 또래 머슴애들처럼 울고 또 울었다. 울게 내버려 두었다. 코를 훌쩍이며 그냥 울었다. 마냥 울었다. 눈물에 콧물이 흘러 넘쳐도 다른 때처럼 닦지 않고 마냥 울었다. 부끄럽지 않았다. 조금도 부끄럽지 않았다.

미국의 네브라스카 주립대에서 영문학 박사과정을 마치고 있는 아들로부터 전화가 왔다.

"아버지, 아무래도 아버지하고 관련이 있는 거 같아서 전화했어요."

"뭔데?"

아들과 나는 모 파일공유사이트를 함께 사용한다. 국내에서 내가 캐쉬를 채워놓으면 아들과 며느리는 영화며 동영상, 필요한 자료 등을 찾아서 다운받곤 하여 좋은 자료를 서로 공유할 수 있었다. 그런 식으로 아들과 며느리가 한국 음악방송 프로그램을 함께 보던 중, 어느 여가수가 그녀의 어머니와 출연했는데 아무래도 나하고 연관이 있다는 느낌이 든다는 것이다. 아들은 이어 말했다.

"아버지가 전에 술자리에서 얼핏 말씀하셨잖아요. 고향에 어떤 서울 여자애가 왔는데 한 살 위였고 참 예뻤다고요."

나는 대뜸 묘숙이를 두고 말하고 있다는 것을 알아챘다.

"그런데?"

"거기 나온 가수 어머니는 혼혈이었는데, 그 엄마 얘기가……."

"혹시 제니라고 않던가?"

"글쎄요, 그건 잘 모르겠고요, 아버지가 다른 언니가 있었는데 시골에서 독극물 사건으로 죽었고, 자기 때문에 그렇게 됐다는 죄책감으로 늘 괴로웠대요. 그러면서 어떤 남자아이랑 똑같이 독극물을 먹었는데 자기 언니만 죽고 그 머슴애는 살

221

았다면서 한국에 있는 동안 만나고 싶대요."

나는 부르르 몸이 떨렸다. 호흡도 거칠어졌다. 그때 일이 며칠 전 일처럼 확연하게 머릿속에 그려졌다.

"그 동영상 가지고 있어?"

아들은 우리가 같이 쓰고 있는 사이트에서 전날 내려받았으니까 충분히 받아볼 수 있다고 했다.

나는 즉시 전화를 끊고 그 사이트로 들어갔다. '받은자료'를 재빨리 클릭했다. 모 방송국에서 방영한 음악프로그램이 보였다. 어떤 트로트 가수와의 대담프로였다. 그 파일을 다운받는 동안 내가 할 수 있는 일이라곤 기다리는 일밖에 없었다. 손에서는 이미 물이 뚝뚝 떨어질 것 같이 진땀이 질척했다. 가슴까지 콩닥콩닥 뛰었다. 이 나이에!

"여보, 마트 간다더니, 안 가요?"

아내가 거실에서 말했다. 아내는 옆동네 왕밭뜸 산적아저씨의 딸이었다. 그렇기 때문에 이미 묘숙이와의 사건을 잘 알고 있었다. 결혼하자마자 고향에 내려가 집안과 동네 어른들에게 인사를 드리러 갔는데, 그곳에서 동네 이장으로 있는 방앗간집 아들 준식이가 묘숙이 이야기를 꺼냈던 것이다. 묘숙이가 죽지 않았다면 지금쯤 연상의 여인, 그녀와 결혼했을 거라는 말이었다. 초등학교 교사인 아내는 어렸을 적 아동들에게 흔히 있을 수 있는 일이라는 것을 잘 알고 있어선지 별반 대수

롭지 않게 받아들이는 것 같았다. 그랬는데, 며칠 지나고 나서 아내가 묘숙이와 어떤 일이 있었는지 자세히 말해 달라고 했다. 나는 솔직하게 털어놓았다. 아내는 고개를 끄덕이고 나서, 그러잖아도 어렸을 때 옆동네에서 어느 서울 소녀와 동네 머슴애가 농약 묻은 오징어를 먹고는 소년만 살았다는 이야기를 들은 적이 있다고 하면서 그 머슴애가 바로 당신이었냐고 신기하다고 했다.

문이 버쩍 열려 깜짝 놀라 아내를 돌아봤다.

"뭐하고 있는 거우?"

"아들이 보라고 하는 게 있어서."

아내는 확인이라도 하려는 듯 내 옆에 와서 모니터를 보더니 한마디 던졌다.

"왜, 지금이라도 데뷔하려고요? 천재 카수님."

"시끄러!"

"알았수. 나 혼자 갔다 오리다, 천재 카수님."

아내는 아직도 내 어렸을 적 별명을 가지고 놀리곤 했다.

마침내, 화면이 바뀌었다. 진행자는 건너편 의자에 앉아 있고, 노란머리의 늙수그레한 서양인과 검은머리의 젊은 여인이 나란히 소파에 앉아 있었다.

늙수그레한 서양인은 아시아계 혼혈이었다. 그리고 옆에 앉은 검은머리의 젊은 아가씨는 혼혈이긴 한데 동양인과 모습이 거의 같았다. 코가 좀 높고 눈이 들어간 게 다르다고 할까.

늙수그레한 서양여인은 어머니였고 동양계 젊은 아가씨는
그녀의 딸이었다. 어머니는 아버지가 서양인이었고, 그녀는 이민
온 2세 한국인과 결혼했다고 말했다. 어머니는 원래 미국에서
간호사였는데 딸이 노래를 하면서 이제는 은퇴하고 매니저로
활동한다고 했다. 자기는 한국말이 되고 딸은 한국말이 서툴
러서 어쩔 수 없었다는 말이었다.

그 부분까지만 들어도 이미 그녀가 묘숙이가 말하던 동생이
라는, 필요조건을 갖추고 있었다. 묘숙의 동생 제니는 한국에
서 살았고 엄마가 한국인이었다. 그러나 그 딸은 이민 2세대
한국인과 결혼한데다 미국에서 자랐기 때문에 한국말이 서툴
것은 뻔했다.

사회자가 어떻게 딸이 한국노래를 부르게 됐냐고 어머니에
게 물었다. 어렸을 때 한국에서 자라서 한국노래를 좋아했다
고 어머니는 말했다. 그러다 보니 한국노래를 자주 흥얼거리
곤 했는데, 그 영향을 받아 딸도 한국 트로트를 좋아하게 되
었고, 한류 열풍을 타고 한국으로 진출하게 됐다는 말이었
다. 사회자가 한국노래를 한 곡 불러 달라고 하자 어머니는 엄
마가 어렸을 때 자주 불러주던 노래라면서 즉시 〈섬집아기〉를
반주 없이 불렀다. '엄마가 섬그늘에 굴 따러 가면 아기가 혼
자 남아…….' 눈물이 뚝뚝 떨어질 듯한 단음조의 음악을 들

으면서 나는 어쩔 수 없이 묘숙이를 떠올렸다. '빨간 쉐타 입은 아이가 전차에 깔려서 납작코…….' 그 노래를 내가 따라 부르다가 '똥구멍을 쑤시면서 엉엉엉'하고 바꿔 부르자 꿀밤을 주면서도 해맑게, 아주 해맑게 깔깔깔 웃으며 고개를 젖혔을 때 드러난 그때의 흰 목이 갑자기 눈앞에 그려졌다.

이어 딸이 또 한 곡의 한국노래를 했다. 목소리는 타고났는데 트로트의 생명인 꺾기에 대해서는 아직 미숙했다. 나는 애가 닳았다. 아들이 해준 말과 관련 있는 내용이 나오지 않아 마음이 동당동당 오두방정을 떨었다. 이 나이에!

"끝으로 하실 말씀 있으세요?"

사회자가 묻자 어머니가 말했다.

"한국에서 살 때 아버지가 다른 언니가 있었거든요. 묘숙이라고. 그런데 어머니가 미군과 재혼하면서 어머니도 그렇고 언니도 그렇고, 힘들었나봐요. 그래서 시골에 내려가 살았는데……."

이미 묘숙이 이름이 나왔으면 그것으로 끝나지 않았는가!

나는 즉시 컴퓨터를 꺼버렸다. 그리고 당장 방송국으로 전화하여 담당피디와 통화했다. 묘숙이 이야기를 하자 건이 될까 싶었는지 내 신분을 묻고는 전화번호를 알려주었다.

"여보세요."

마침 가수 어머니가 받았다. 나는 묘숙이와 있었던 일을 소상히 이야기했다. 그녀는 반가워하더니, 어느 순간 훌쩍이는 소리가 들리고, 내 말이 끝날 즈음에는 흑흑거리는 목울음소리가 확연하도록 흐느꼈다. 묘숙이는 세 살 아래라고 했는데, 실은 1년 반 차이라고 했다. 언니인 묘숙이와 걸핏하면 다투곤 했는데, 나중에는 거짓말까지 동원하여 묘숙이를 못살게 굴었다고 했다. 하는 수 없이 미국으로 갈 때까지 떨어져 있게 하려고 시골로 내려보냈다는 말이었다.

"언니는 내가 죽인 거예요!"

그러고 나서 이튿날 그녀로부터 내게 전화가 왔다. 컴퓨터를 할 줄 아느냐 물었다. 잘하지는 못하지만 카페 하나를 운영하고 있고 동영상 편집 정도는 할 수 있다고 하자 그녀는 "Are you kidding me?"하고 명랑하게 웃었다. 그러고는 화상채팅이 가능하냐 물었다. 직업상 그것은 필수라고 했더니, 메신저 아이디를 묻고 나서 지금 당장 컴퓨터를 켜고 메신저를 실행하라고 말했다. 나는 고개를 갸우뚱하며 그녀가 하라는 대로 했다.

이윽고 화상이 열리더니, 머리가 하얀 노파의 얼굴이 나왔다. 송수신 상태가 좋지 않은지 잠깐씩 멈칫멈칫하더니, 그쪽에서 목소리가 들려왔다.

"안녕하세요"하는데, 발음이 정확하지 않았다. 한국말을 잊어버려서일까? 그런데 영어식으로 구르는 발음이 아니라 한국어의 독특한 억양만은 정확했다. 그렇다면 회선에 문제가 있는 듯싶은데, 끝까지 화상채팅을 하려면 애를 먹겠구나 걱정했다. 그러고 있는데, 노파가 갑자기 의자에서 일어나더니 화면에서 사라졌다. 무슨 일인가? 그렇다면 지금 나온 노파는 묘숙이와 아무 관련이 없고, 살아있다는 묘숙이 엄마를 데리러 갔단 말인가?

기다리고 있는데, 노파가 다시 화면에 나타났다.

"미안해요. 틀니를 미처 안 끼워서."

그제야 나는 그쪽 상황을 알아챘다. 노파가 이어 말했다.

"귀동 씨 맞아요?"

귀동! 내 어렸을 적 아명을 아는 사람은 내 주위에는 거의 없었다. 아내는 알고 있지만, 내 아들도 며느리도 어쩌면 알지 못할 이름이었다.

"네, 그, 그런데요?"

"천재 가수?"

"저어!"

나는 당황했다. 내 어렸을 적 일을 그렇게 정확히 알고 있을 수 있단 말인가!

"저, 묘숙이 애미예요."

묘숙이! 머리가 하얗게 세고 쭈굴쭈굴한 얼굴로 틀니를 끼

227

고 화면에 나타났던 것이다, 묘숙이 어머니가! 노파가 말을 이었다.

"여긴 미국이고요, 내 나이 벌써 여든다섯이에요."

"예……."

"묘숙이, 참 예쁜 앤데, 잊어버리지 않고 찾아줘서 고마워요."

"……예."

"저 세상으로 안 갔으면 내가 장모가 됐을 수도 있었겠지요?"

그러면서 할머니는, 묘숙이 어머니는, 아니 묘숙이 엄니는 하얗게 웃었다. 화면이 좀 흔들리고 조명이 맞지 않아 울었는지도 모른다.

"예, 근데……. 묘숙이가 그랬어요?"

"예. 미국에 가더라도 커서 한국에 와서 귀동이와 결혼한다고 했어요."

"그랬었군요."

"웃었지요, 뭐."

그리고는 둘 다 말을 잃었다. 시작하기 전에는 많은 말이 오갈 것 같았는데, 막상 이어갈 말이 없었다. 어쨌든 내가 말할 차례였다.

"어떻게 지내세요?"

"미국에 와서 아이 둘 더 낳았어요. 그 뒤로 이혼하고 혼자 삼십여 년을 쭉 살아왔어요."

"손녀가 한국에서 가수로 데뷔했다는데, 축하드려요."

"고마워요."

그러고는 또 말이 끊겼다. 이제 또 내가 말할 차롄데 무슨 말을 할지 영 입이 열리지 않았다. 그때 순간 생각난 게 있었다.

"조금만 기다리세요."

그러고는 서둘러 창고로 들어간 뒤 여행용 가방을 열고 그 것을 들고 왔다.

"여보세요."

"네."

나는 가져온 것을 펴들고 전체가 다 보이도록 의자를 뒤로 밀었다.

"닭이잖아요? 장닭."

묘숙 엄니가 말했다.

"묘숙이랑 서당 다닐 때 서울할아버지, 스승님이 그려주신 거예요."

"아! 지금 기억나요. 묘숙이가 그 말도 했어요. 그러면서 귀동이는, 귀동이라고 해도 되지요?"

"예, 괜찮아요. 좋아요."

"귀동이는 지붕 위의 수탉처럼 호기 있게, 남자답게 잘살 거라고요."

"……그랬어요?"

"그랬어요."

우리는 또 말을 잃었다. 내가 먼저 안경을 벗었고, 이어 노파는 손수건을 눈으로 가져갔다. 나도 따라 슬쩍 옷소매로 눈을 훔쳤다. 비록 여섯 살과 일곱 살의 어린애였지만 두 사람의 순수한 영혼은 오롯이 존재했고, 소통될 충분한 가치가 있었다. 되레 성인들끼리의 녹슨 영혼적 소통과는 확연히 구별되도록 우리는 갈라놓을 수 없는 하나였는지도 모른다.

가까스로 감정을 가라앉히고 순서에 의해 내가 말문을 열었다.

"죄송합니다. 그만 울컥해서……."

"전 슬프면서도 행복합니다."

비로소 그때껏 한쪽 손에 들고 있던 그림을 방바닥에 놓으며 말했다.

"그때 그 정신으로 지금껏 살아왔습니다. 가문의 대들보, 사내대장부, 그리고 지붕 위의 수탉."

"한국 남자들, 모두가 다 그런 의지로 살았으니까 오늘을 만들어 낸 거 아닌가요? 저 떠나올 때까지는 한국에 가난 말고 또 뭐가 있었나요? 어찌나 비참했던지……."

그 뒤 의례적인 배웅말과 또 뵙자는 기약 없는 약속말을 나누고 메신저에서 빠져나왔다. 그러고 나서 나는 어쩔 수 없이 이 글을 쓸 수밖에 없었다.

어쨌든 여섯 살 그해 여름은 그렇게 매일 울고 또 울면서 보냈다. 그리고 단풍이 퇴색해질 무렵인 늦가을, 할머니와 같이 공주 결핵요양원에서 퇴원하는 엄니를 만나면서 비로소 나는 우리 집 가문의 대들보와 사내대장부라는 내 존재 의미를 되찾을 수 있었다.

그날, 엄니가 오시고 난 이튿날, 나는 뒤꼍으로 가 지붕 위로 훌쩍 날아올랐다. 동녘에 해가 솟아오르고 있었다. 나는 외쳤다.

"꼬끼오!"

다 덤비라고 했다. 고통을 주고 싶으면 얼마든지 주라고 했다. 나는 무섭지도 힘들지도 않았다. 나는 나고, 나는 이 세상에서 유일하고 특별하기 때문이다. 나는 사내대장부고 우리 가문의 대들보이므로 오늘이 있기까지 매일매일 지붕으로 날아올라 꼬끼오! 부르짖을 것이다. 그렇게 내 존재를 확인하고, 가다듬었다.

아들아,

나는 그렇게 살아왔단다.

<집필 후기>

가르치고 있는 녀석의 이모가 마흔이 넘었는데 온갖 노력을
해도 임신이 되지 않아 입양을 결심하고 시설에 갔단다. 여아
를 입양시킬 생각이었다. 그런데 막상 시설에 도착해 보니 남
아는 몇 있는데 여아는 한 명도 없었단다. 시설 직원들의 말에
따르면, 남아는 입양을 꺼리는데 비해 여아는 오자마자 입양
이 된단다.

요즘에는 딸을 낳으면 축하한다고 말할 수 있으나, 아들을 낳
으면 함부로 축하한다고 했다가 실례가 될 수 있기 때문에 사
려 깊게 살펴야 한다는 말도 들었다. 학교 성적도 상위권 10명
중 7, 8명은 대개 여학생 몫이고, 남학생은 나머지 한둘에 불
과한 것이 현실이다.

그러다 보니 '아버지 없는 시대'라 불렸던 날들은 지나가고, 최근에는 '아들 없는 시대'로 넘어가는 과정에 있다. 그래서인지 사내아이들에게서는 우리 자랄 때와 달리 가문의식이라든가 주인의식 따위는 흔적조차 찾기 힘든 경우가 많아졌다. 장래 희망을 물어보면 버벅대거나 그때 가서 생각해 본다는 대답이 태반이요, 하고 싶은 게 무엇이냐 물으면 축구나 야구선수, 또는 연예인이 되고 싶다는 게 대부분이다. 그래도 그런 희망이라도 있으면 다행이다. 상당수의 녀석들은 그냥 엄마가 하라는 대로 따라가는 게 최선이라고 말한다.

그래서 썼다. 누군가는 써야 하는 이야기이고, 경험한 자만이 쓸 수 있는 이야기라서 쓸 수밖에 없었다. 마치 뻐꾸기가 남의 둥지에 자신의 새끼를 낳아 놓고 그 새끼가 종족의 핏줄을 잃을까봐 끊임없이 둥지 주위를 맴돌며 뻐꾹뻐꾹 우짖듯이, 그런 심정으로 이 글을 썼다. 그리하여 자식을 기르는 부모와 자라나는 청소년들이 이 책을 함께 넘겨 읽고, 공감하여 남자의 구실, 남자다움을 다시 한 번 마음 깊이 되새기는 계기가 됐으면 더할 나위 없겠다.

더불어 지구 최빈국의 보릿고개를 넘어 급격한 산업화, 도시화, 민주화 등의 회오리바람 속에서 정신없이 뛰어온 우리 세대가

자못 잃어버릴 수 있는 '그 시대의 이야기'를 되새겨 문자화하는 데에도 이바지하고 싶다. 그래서 우리 세대는 우리의 정서를 공유하고 후손들에게는 도움 되는 증언이 될 수 있기를 기대해 본다.

이 책이 나오기끼지 고생하신 늘품플러스 대표님 이하 직원들에게 감사드린다. 더불어 문단 선후배, 우리 가족들에게도 허리 굽혀 고마움의 예를 드린다.

월계동 시멘트 박스 속에서
김용원